novum pocket

AF172022

Marc Lüer

Nietzsches Harakirivorkommnis

novum pocket

Bibliografische Information
der Deutschen Nationalbibliothek:

Die Deutsche Nationalbibliothek verzeichnet diese Publikation in der Deutschen Nationalbibliografie. Detaillierte bibliografische Daten sind im Internet über http://www.d-nb.de abrufbar.

Alle Rechte der Verbreitung, auch durch Film, Funk und Fernsehen, fotomechanische Wiedergabe, Tonträger, elektronische Datenträger und auszugsweisen Nachdruck, sind vorbehalten.

Gedruckt in der Europäischen Union auf umweltfreundlichem, chlor- und säurefrei gebleichtem Papier.

© 2025 novum publishing gmbh
Rathausgasse 73, A-7311 Neckenmarkt
office@novumverlag.com

ISBN 978-3-903468-90-0
Umschlagfoto:
Stokkete I Dreamstime.com
Umschlaggestaltung, Layout & Satz:
novum Verlag
Autorenfoto: Photo Porst (Rendsburg)

Für dieses Buch wurde vom novum Verlag kein Lektorat durchgeführt. Die Verantwortung für inhaltliche Aussagen, Orthografie, Typografie und Grammatik liegt daher beim Autor.

www.novumverlag.com

„Warum ich Weihnachtsmann geworden bin, fragen sie?
Ganz einfach, „weil dies mein Schicksal sei." Natürlich wollte ich niemals Weihnachtsmann werden. Ich hasse doch Blagen. Kleine *lieb*tuerische Blagen, die immer pünktlich von mir unter ihrem Weihnachtsbaum ein Paket hingeschmissen haben wollen. Und diese Briefe jedes Jahr lesen zu müssen, von einer erstklassigen Kinderschrift, die ich kaum lesen kann. Lieber Weihnachtmann, ich war dieses ganze Jahr über ganz brav gewesen uswusf ...! blablabla! ... so ein Schrott. Ein Schlamassel! Und dann wird mir in Jeden Häuschen ein Glas Milch und ein Butterkeks hin serviert, obwohl ich doch lieber eine gehirnneblige Karaffe und eine ordinär geschmierte Stulle haben *will*. Niemals fasse ich dies an. Niemals! Aber jedes Jahr steht es trotzdem dort. – Verstehen Sie: ein Weihnachtsmann, der-*will*, keine Lust mehr hat, zu geben. – Sieben Milliarden Menschen wollen von mir beschenkt werden. Wissen Sie was das für ein Druck sei, zu wissen, dass man selber pünktlich sieben Milliarden Menschen beschenken muss? Harakiri wollte ich *letztens* machen. Dieses Samurai Schwert sollte ich einem Kind schenken, nach Japan sollte dieses Schwert. Ich habe es abgeliefert. Aber die Widerstehung dessen war nur mehr schwerfällig verlaufen. Fast habe ich mich entschlossen, kurz vorm Hinlegen dessen noch eingepackten Schwerts, vorm Weihnachtbaum es auszupacken und es *zu benut-*

zen. Warum ich es nicht gemacht habe? Weil ich in einem Schicksalsverlauf feststecke, deswegen! Ich habe keine Lust mehr nur mehr Geschenke abzuliefern, Menschen zufrieden zu machen uswusf ...! Ebenfalls *will* ich auch kein Gegengeschenk haben, das *will* ich nicht. Geschenke von andern *will* ich einfach nicht, dafür bin ich ein viel zu unzufriedener Weihnachtsmann, verstehen sie? Aber ich *will* Geschenke haben, verstehen sie? Meine Elfen müssen sie wissen, diese kleinen dicken Elfen, die machen alles für mich Fabrikmäßige. Die machen ja gute Arbeit, aber der Druck, der Druck, den ganzen fürchterlichen Druck, sieben Milliarden Menschen in einer Nacht zu erfüllen, und wenn ich es nicht schaffe, wissen sie was dann geschieht? Nein! Das wissen sie und das weiß ich nicht, da ich ja immer alles jedes Jahr pünktlich abgeliefert habe. Jedes Jahr, einmal im Jahr, steige ich mit meinen dicken Stiefeln, mit meinem standhaften, niemals abmagernden Dreihundertkilogewicht, – wegen Weihnachts*erfüllungseinhaltungs*vertrag, verstehen sie –, in den Wagen, wo der Laster den Weihnachtskarren immer nach unten sacken lässt, und kurz ausatmend, Luft holend, Rudolph schnaufe, und Rudolph sofort wie ein Blitz, nach vorne stürmt und in die Luft saust. Mitten im Flug trinke ich rasch aus einer Flasche, „was dort jedes Jahr drinnen ist", verrate ich nicht. Auf jeden Fall lande ich dann auf dem ersten Haus, *auf dem Haus*, müssen sie wissen. Ich steige dann vom Weihnachtskarren, gehe zum Schornstein, und sehe, der Schornstein ist ja viel zu schmal für mich! Wie kann man einen Schornstein bauen, wenn der Weihnachtmann noch nicht einmal reinpasst?! Ich meine, der ist doch „nur" für den Weihnachtsmann geschaffen worden, oder nicht? Für was sonst?! Für den Abzug eines

Feuers? Das kann man doch auch draußen machen! Ich muss doch irgendwie ins Haus. Also rutschte ich letztens mit meinem dicken Körper das Dach hinunter und plumpste in Schnee hinein. Mit dem Gesicht nach vorne stürzend, müssen sie sich vorstellen. Bis ich erstmal wieder hochkam, das dauerte Minuten. Mit meinem dicken Mantel. Und schwerwiegenden Geschenken. Und die Mütze im Gesicht verschoben. Und die transzendentale Kälte des unerbittlichen Schnees im Proghnathiegesicht spürend, hatte ich wirklich keine Lust mehr gehabt *weiter zu machen*. Schon am ersten Haus, wo noch sieben Milliarden Menschen hoch gerechnet vor mir an diesem Abend „warteten", hatte ich keine Lust, kein bock mehr gehabt *weiter zu machen*. Gänzlich am Limit war ich. Am extremen Grenzgeschehen angelangt. Die-*Balance* meines Gewichts konnte ich indes, alles zusammenbrechenden Moments, nur mit weihnachtlicher extremitärer Durchschlagskraft aufrechterhalten. Aber dieser anstrengende, nicht süße Marzipandruck, stellen sie sich mal vor: – Eine Woche bezüglich vor dem 24 habe ich mir schon gänzlichen Druck in mich gepaukt, ja, gepaukt habe ich es in mich. Ich zitterte sogar eine Woche vorher *immensisch*. Aber ich machte weihnachtlich weiter. Trieb die Elfen zu noch mehr Optimität an. – Aber zur Sache!: Ich ging also zur Treppe und klingelte, wie als ein auf Hoffnungsgeld angesteller Zeitung austrägerischer Bürger, an der Tür. Bis die Tür aufging, das dauerte *Sekunden*zeiger. Ein Kind machte auf. *Wer sind sie!*, fragte dieses Kind mich, aggressiv. Ich sagte, ja, der Weihnachtsmann, wie sehe ich denn sonst aus. Nein, sie sind nicht der Weihnachtsmann, sagte dieses Rotzgör. Doch, bin ich, sagte ich. Nein, sind sie nicht. Doch! Nein! Doch! Nein! Doch! Nein! Doch!

Nein! Doch! Nein! uswusf ...! Es glaubte mir nicht. Verschwinden sie!, schrie das Kind mich an. Hier, deine Geschenke, sagte ich dem Kind, *mach auf!* Stecken sie diese sonst wo hin. Sie dreckiger Penner! Ich dachte, nein, ein Kind darf man nicht angreifen. Aber ich wollte es. Diesem Kind Schmerzen zufügen, aber ich beließ es und machte noch weihnachtlicher weiter. Lass mich durch, sagte ich. Der Weihnachtsmann kommt immer durch den Schornstein, sagte das Kind. Der Schornstein ist zu schmal, sagte ich. *Specken Sie!,* schrie es. Plötzlich kam dann ein Elternteil des Kindes hervor. Wer ist vor der Tür, fragte ein Mann, was wohl der Vater dieses Kindes gewesen sei. Er meint, er sei der wirkliche Weihnachtsmann, sagte das Kind. Vielleicht ist er es auch, sagte der Vater. Nein, ist er nicht. Sie sagt, sie sind nicht der Weihnachtsmann, sagte der Vater. Doch bin ich, sagte ich. Sie sagt, nein. Und was denken sie, fragte ich dann den Vater, der die Anweisung seines Kindes, dessen fügerischer Kindesgenialität Folge leistet. Ich glaube, dass mein Kind niemals lügen würde, sagte er. Kinder lügen niemals – besonders nicht meins –, *sie sagen immer die heilige, und besonders die weihnachtliche, niemals die Eltern beschämende Wahrheit,* sagte er. Rasch kam die Mutter. Wer klingelt denn jetzt an der Tür, um diese Zeit, eine Unverschämtheit jetzt noch zu klingeln, haben sie denn keine Familie?! Diese Stimme erschreckte mich, verstummte mich fast. Ich ... Ich bin der Weihnachtsmann, sagte ich. Ein Irrer!, schrie die Mutter. *Ruf* einen Krankenwagen!, der Vater hörte und holte das Telefon und tippte was. Jetzt bringen sie dich weg, sagte das Rotzgör zu mir. Ganz frech sprach es zu mir: *Jetzt bringen sie dich weg.* Naja, was ich dann gemacht habe, war halt ein Versehen. Dieses im

Körper spürende bebende Verlangen, dieses Kind mit meinen großen Händen zu töten, war einfach zu groß. Aber ich besinnte mich. Ruhe, sagte ich zu mir. *Ruhe* ...
„Der Krankenwagen wird in spätestens fünf Minuten hier sein." Er sagte das so, als wäre es eine Routine. Sie wollen wirklich sich dafür kümmern, dass sieben Milliarden Menschen, ohne tolle Geschenke heute Abend, leer ausgehen, sagte ich, was nur wenig fraglich klang. Sie sagt, sie sind nicht der Weihnachtsmann, sagte der Vater. Habt ihr denn keine Augen im Kopf!, schrie ich. Wie sehe ich denn aus?

Ja, wie ein Irrer ...

Er sagte tatsächlich: Ja, wie ein Irrer.

„Und was sagen sie?"

„Was ich zu sagen habe, Herr Müller?!"

H o H o H o H o H o H o H o H o H o H o."

... uswusf ...

„Herr Müller wird nun aus meiner Patientennamenmappe verschwinden! Aus und vorbei ist es nun mit ihnen! Wurde ja auch endlich mal Zeit. *Ihr Geschwätz* ist ja gar nicht mehr auszuhalten! Adios, mein kleiner Geldkoffer. Nun werden andere Tresore hierhinein sich trauen." Und die Klappe unter den Füßen des Patienten fiel auf. Der Psychiater schaute sich den Vorgangsprozess in Ruhe an. Danach dachte er: Penelope deckt doch heute den Mittagstisch, oder war es doch Archimedes ...? Diese piische Frage beschäftigte den wissenschaftlichen nunmehr philosophischen Psychiater ungefähr eine ganze vollzählige Minute lang.

Gerade, genau jetzt, macht sich der Patient auf den Weg zu seinem tollen, allmächtigen, die Unfähigkeit auf der Zunge geschriebenen Psychiater auf. Tausender Gelder ist dieser Psychiater wert. Aber geholfen hat er ihn allerdings des ganzen Geldes berechnend noch nie. Sein Zustand ist ein dunkler, sagte er ihm. Ein nur an den Tod denkender Zustand. Und immer kommt es ihm höllisch vor, dass er ihm nie zuhört. Er rede und rede, aber er hört nicht zu, denke der Patient immer wieder beim auf dem Weggehen zur Praxis. Er sagt oft, jaja, soso, aha, jojo, wiewie, lalau, 15 % Bier? Kaffee? Wasser mit Zitrone? Tee? Whisky? Wein? Einen schwülig penetranten Likör? Champagner? Heute habe ich eine *neue* Apfelware. – Er denke, wenn dieser Psychiater ihm heute nicht helfen kann, werde er ihm sagen, dass er sich einen neuen Psychiater suchen werde. Einen: der gewillt ist, zu helfen. Helfen sie mir doch, sagte oft der Patient zu seinem tollen Psychiater: jaja, soso, aha, jojo … uswusf …!

Achilles, der von seinem Chef immer Archimedes genannt wird, der aber immer wieder und wieder Achilles genannt werden will, aber niemals getraut dies seinem Chef zu sagen, sitzt gerade an seinem Schreibtisch und macht seine Arbeit. Genau gegenüber von ihm sitzt seine Mitarbeiterin, Penelope, sie macht ebenso, wie Achilles, ihre Arbeit. Und so ging es die ganze Zeit. Achilles gähnte. Penelope gähnte mit. Ach, sagte Achilles. Achja, ach, sagte Penelope darauf. Nach dem Gähnen machten sie weiter und weiter … uswusf …!

Der Patient betritt den Behandlungsraum seines Psychiaters. Er setzt sich auf einen Stuhl, der heute ganz wo anders steht. Rasch fängt er an, zu erzählen:

BLABLABLABLABLABLABLABLA!, denkt der Psychiater.

„Mein toller toller toller Psychiater", blablablablablabla, „Sie müssen mich heute verstehen, verstehen „lernen", *verstehen Sie!*: – Tolltolltolltollwütiger Psychiater, *hören und verstehen Sie!*: – Desöfteren dachte ich auch in der letzten Zeit über den von Idioten und Schwachköpfen tragischen Fall der jung verstorbenen Anneliese Michel nach. Über die Dummheit der Dummheit dummer katholischer Exorzisten bzw. berühmtsüchtiger Eltern uswusf ...! Über die Einlassung und Nichteinlassung des Teufels uswusf ...! Wussten sie, dass meine sogenannte Familie Teufelsbeschwörer sind? – Aber nun wieder weiter toller toller toller Psychiater, *hören und absolutieren Sie!*: – Aber hauptsächlich ... O, mein Kreuz! Ich habe sie verwirrt. *Ihr Psychiatertalent ruiniert!* Wie kann ich das wieder gut machen. Aber ... okay. Es ist nun ruiniert. – *Ruiniert habe ich sie! Haha, wie lange ich nicht mehr heiter lachen konnte. Ihre Talentlosigkeit, „als" Talent, aufgepeppelt! Und das heißt: absolut ruiniert! Entmilliardisiert, mein Bester!* ... Aber nun werde ich wieder blasse Besinnlichkeit in ihre Praxis hokupussieren: – Nun komme ich zu meinem Bruchstück, und immer weiter: – Die Psychologie beruht sehr stark auf die kasteiende Geschlechtlichkeit, dort liegt irgendeine bruchstückige Wahrheit für diese in dessen Gebiet Beschäftigte, nicht wahr? Der Teufel ist ein zärtliches Wesen, was oft mit Stacheldraht *ab*gestrichelt werden möchte. Eine leichte Verständlichkeit eröffne ich ihren Horizont. Verstehen sie, verstehen sie nun das, was ich ihnen vermittle? Er machte potent, gleichzeitig impotent, müssen sie verstehen. Ist ihnen mal aufgefallen, dass die Sexualität übertrieben bei Kindern ist? Fruchtende Grundschulgänger uswusf ...! Schon wenn die Kinder sagen: schau mal, was ich gemalt habe!, ist ein *An*erkennungsgefühl bei ihnen aufzufinden. Goethes Sohn, warum wollte er *mehr* sein? Dies ist mir seit einiger Zeit klar, weil der Sohn, oft unbewusst, den Vater gleichbergen, oder überbergen will. Anerkennung zur Mutter uswusf ...! Umgekehrt einer Tochter. Die Mutter gleichbergen, oder überbergen, die Anerkennung des Vaters uswusf ...! Das *Inzucht*verhalten ist da, kein Wunsch, kein Verlangen, aber vielleicht Sehnsucht. Mein toller Psychiater, jetzt werde ich ihnen Getreidehaltige, vegetarische saccharoseische Verständnischemiekalität beibringen, *verstehen sie!*: – Jetzt werde ich näher kommen und immer weiter: – *Absurd*, denken sie? Warum absurd? Dennoch möchte ich wissen: – verstehen sie jetzt, die Perversion meiner der Welt debattierend, unter Literaturwissenschaftler stets auf Widersprüchlichkeit treffenden, als Nachlass hinterlassenden Schrift? Ein abstraktes Gemälde halte ich vor ihren Augen, nicht wahr? Das finde ich auch. Verstehen sie?, mein toller Psychiater, *verstehen sie?!*: – Manchmal kam es mir danach vor, eine stärkere Kraft würde mich in eine höllische Tiefe stürzen wollen. Ich kann ein Beispiel geben, mein toller Psychiater, *sie müssen verstehen!*: – Ich ging einmal auf einer sechs Kilometer hoch gepflasterten Brücke *balancieren*, als dem ich eine längere Zeit dort oben auf der Brücke *balancierte*, die immer höher bis zu den Olympfelsenblitzen reichte, musste ich mich auf dornige Rosen pflanzen, weil beim blutigen keimen, hätte ich mich nicht mehr hinunterstürzen können, nicht wahr? Beim *Balancieren* ist der Sog ziehend (potentig). Als würde jemand mich wirklich an der eignen Jacke ziehen. Ich hatte Angst aufzustehen und weiter zu *balancieren*, weiter mich fortzupflanzen uswusf ...!, *verstehen sie toller!*: – jedoch *balancierte ich irgendwann weiter und balancierte mit noch mehr Grenzkontrolle*, und immer weiter, *verstehen sie!*: – Ebenfalls ist mir bewusst geworden, da Inzucht die Natur beherrscht, wie sie wissen, kein verdrängender Wunsch sei, es sei ein verdrängender Wunsch der Erziehungsgewalt. Dies ist mir jetzt ebenfalls klar geworden. Freud wäre sich meiner Erkenntnisse als Apfelnäherer verschlummert. Glauben sie nicht? Lieber als Birnenschlummerer ...? Verstehen sie, mein toller Psychiater, *verstehen sie endlich?!*: – Sie sähten Inzucht, ich „verdrang" ›ihren allen Befehlen‹. Ich kann ihnen ein Beispiel meiner innerlichen Hölle geben: – Stellen sie sich die Unendlichkeitszahl vor. Eine Acht. Eine kreisrunde Acht. So, jetzt verbildlichen sie Sie. Diese Acht *dreht sich ziehend* in meinem Körper, muskelnd. Öfter ging ich im Garten oder im Zimmer auf und ab und auf einmal beobachtete ich, die *Wegrichtung* die ich als Unendlichkeitsverlauf verlief. Mir ist aufgefallen, dass ich unendlich *balancierte*. Ich *balancierte* eine Acht uswusf ...! Dieses Monster hatte ein Bewusstsein und verband sich mit mir. *Ich sah es sogar einmal auf einer Gehirnreise!* Mein toller Psychiater, *verstehen sie verständnisvoll!*: – Es kontrollierte alle meine Sinne. Es wollte nicht, dass ich mich noch bewege. Es spürte meine Gleichgültigkeit. Mir ist jetzt auch klar, warum. Durch lange Sinnierung ist mir klar geworden, dass dieses kontrollsüchtige Monster es nicht wollte, dass ich mich bewege, fortbewege, in die Gefährlichkeit fortbewege, *in immer mehr Grenzkontrollen mich hineinbewege*. In dessen Zeit bin ich, es waren mehrere Jahre, nicht ein einziges Mal in das gegenwärtige Jahrhundert hineingeschlichen, mit Grenzkontrolle hineingeschlichen uswusf ...! Sie müssen endlich ein toller Psychiater werden, *verstehen sie endlich?!*: – Aber ich wehrte mich axtlich. Als einen Gegner habe ich dieses Monster irgendwann freundschaftlich „angenommen". Durch dieses Monster entwickelte ich mich voran, und immer weiter: – Aber immer nur mehr lebensgefährlich voran, *verstehen sie mein toller Psychiater!*: – Ich hätte jeden Augenblick sterben können.„Und das provozierte ich auch." Ein Pakt mit dem Teufel habe ich geschlossen. Ein unheilvoller Pakt. Ich nahm die Kraft, was dieser Teufel mir gab, durch Auszehrung, an, und ich gab dessen meine Akzeptanz meiner Vergewaltigung. Einen Schlaganfall provozierte ich durch diese Arbeit. Immer, jeden Tag, dachte ich, *heute ist der letzte Tag.* Heute ist der letzte Tag!, sagte ich mir jeden Morgen, als dem ich aufgestanden und zur Arbeit gerannt bin. Mir war alles egal. Alles. Ob ich wen umbringe oder sonst was. Gestern habe ich den Film, die Fliege gesehen, schauen sie sich diesen sensiblen Film an, – dort können sie meinen, in dichterisch vorzuzeigenden Verfallsverlauf und das Ende, wo ich knapp, durch Kraftwille, Hoffnungswille und göttlichen und teuflischen Willen, entronnen, *beobachten*; freudschisch analysieren ... kapieren Sie! ... Jetzt weiß ich auch, wie Kinder es schaffen Erwachsenen das Genick zu brechen. Auf diese These bin ich sehr spät gekommen: – Ich gebe ihnen einen Tipp: – Wirbelsäulenverrenkungsverbiegung. Aber damit können sie sicherlich nichts mit anfangen ... Erläuterung meiner teuflischen Angst: ..." Man verstand nicht die patientischen Wörter. *Vor*ägyptische Sprache? ... Dann: „Meine Wertlosigkeit in der Menschheit wollte ich *ausgleichen*. Keinen Überblick habe ich mehr bringen und geben können der Umwelt. Das ich draußen umgebracht, *abgeschlachtet* werde, deswegen nicht mehr ins Jahrhundert hinausging. Dies alles kann mir ja *jetzt* egal sein. Mein toller Psychiater, der ich wegen ihnen jetzt pleite, *müssen verstehen!*: – Ein grünlich alienförmiges Wesen aus dem Weltraum? Ein Wesen aus einer andern Zeit?"... uswusf...! >Die Erziehungsgewalt muss, bis das Kind fünf Jahre alt ist, eine Beziehung zu ihrem eignem Kind aufgebaut haben, sonst entsteht meteorielles Chaos, nein? Und das ging nicht, *weil* sie alle, egal wie verrückt dies auch klingen mag, bakteriell die Umwelt durchraucht haben. Glauben sie, dass das Kind impotent werden kann, wenn Eltern sich nicht lieben? Ich werde verdeutlichen, *verstehen Sie!*: – Dieses Wesen befand sich in meinem trigeminusalischen Auge, ebenfalls auch in ihren allen, heißt: – dass die Wesen manisiert haben, und wir nurmehr die Beobachter dessen Geschehens. Und ebenfalls verstehe ich jetzt, warum sie dachten, dass ich sie alle umbringe, und das ich immer dachte, dass sie mich alle umbringen, weil diese Wesen Angst *vor*einander gehabt haben. Sie sahen *sich*. Und ja, mein toller Psychiater, *spitzend müssen sie verstehen!*: – Und jetzt verstehe ich die Telepathie. Es war kein Zufall gewesen, dass die Erziehungsgewalt manchmal das sagte, *was ich dachte* und bezüglich umgekehrt. Diese Wesen konnten also irgendwelche strömlichen Wellen zu andern dort in der Umwelt draußenliegenden sich identifizieren. Wenn Mütter unbewusst, ohne das sie es wissen, Kindermachen, und nur mit ihren aus ihrem Leib Gekommenen, und sonst mit Niemandem, um anerkannten Geschlechtsverkehr haben zu wollen mit ihren Kindern, und die

Kinder verwehren es, werden sie dadurch sozialphobisch? Verkrüppelung der Knochen und Abmagerung der Haut uswusf ...! Meine durchtriebenen Übertreibungen bahnten sich ja schon in der Kindheit in mir auf. Eine Möglichkeit des Überlebens. *Mit sieben Jahren spürte ich ja schon meine Sterblichkeit.* Alles ist jetzt verschwunden, aber mit welcher Art es verschwand, erschaudert mich mehr und immer weiter: – *Wie* es verschwand. Verstehen sie!, mein toller Psychiater, *machen sie ihr verschlagnes Akademiebuch auf in ihrem Kopf!*: – Die fasziedische Achtmatrix löste sich auflöslich zersetzend in mir auf. Ein Spinnennetz kann man sich wieder vorstellen. Ein Spinnennetz, was sich ab*wickelt*. Also, mein Magen, Darm spielten Stillstand. Nur mein Wille spielte mit dem Essen. Mein unglaublicher Wille an diese Nutzlosigkeit bindend. Ich wollte leben! Der Körper kann mich mal, dachte ich, auf ins Nirvana! Hinein Hinein! ... Und immer dieses Gefühl, das am Darm etwas zwickt. Eine Sehne, ein Muskel an meinem Knochen schabt. Und dieses widerliche Gefühl, wenn ich getrunken habe, immer das Gefühl lediglich gehabt habe, dass ich nichts getrunken habe. Es sammelte sich alles in die Organe hinein. Meine Lunge füllte sich mit 99% schwachem Alkohol. Literweise schwitzte ich nachts alkoholische Getränke, bei der Entgiftung, wochenlang, bis sich dies alles ablöste. Immer ein Verdurstungsgefühl gehabt, egal wie viel ich auch getrunken habe. Meine Zunge dauernd schwärzlich-grün. Mein Körper zog sich zusammen, und die Organe quetschten, dies diente einer weiteren übersteigerten Erregbarkeit meines Geistes. Albträume Albträume immer durch Quetschungen der Organe, Albträume uswusf ...! *Ich nutzte meine Verkrüppelung aus!* Niemand in allen Jahrtausenden, sagte ich mir, hat jener einen solchen speziellen Durchlauf, durchlaufen, „damit muss ich was Besonderes machen", dachte ich. Rücksichtslos etwas voran*treiben*! Mach damit was, sagte ich mir. *Mach!* Mein toller Psychiater, *johlen Sie schottisch!*: – Ich entwickelte mich zu einer anderen Art. Manchmal habe ich das Gefühl gehabt, ich würde mich selber zur Bakterie hin entwickeln. Deren Bewusstsein gierig *auskosten*. Manchmal, als ich in ein Stück Fleisch geschnitten habe, habe ich das süße Gefühl gehabt, ich würde mir *ins eigne Fleisch* schneiden – „und mich essen." Essen konnte ich ebenso, nur noch mit Trieb. Angst habe ich immer gehabt, wenn ich essen musste. Angst, das es meine letzte Mahlzeit wird, da ich beim jeden Essen Schmerzen und Todesängste, manchmal sogar Herzrasen und einen Schweißausbruch, *alles in einem*, verspürte. Und immer das Gefühl lediglich gehabt habe, *dass mich etwas innerlich auffrisst.* Angst. Immer Angst zu essen. Jahrelang mit Schmerzen essen. *Jahrelang mich selber essen. Innerlich zerfleischen.* Die Leidensdisasterungen machten mich „süchtig". Meine Augen sahen nur noch das Formelle *bakteriell*. Heute denke ich, dass der Kannibalismus irgendetwas mit diesem Monster transformiert. Also, diese Leute, die in Dschungeln leben, mein toller Psychiater, *analysieren Sie mehr schottischer!*: – die das getötete Herz frisch *und heiß* essen. Das Geistige tun, das geistige benutzen, um Extremität *zu beschwören*, hasst dieses Monster. Es will „ständig, – aber niemals *an*ständig, müssen sie wissen, – jagen. *Nur* jagen. Lüsternd ist dieses Gefühl jedoch nicht. Es ist trie*big*. Gefühle waren in den Sinnen Sehnen nicht mehr spürbar gewesen. Steinern brückig waren diese Gefühle. Aber ich beschwörte sie, zwingend. Wie gesagt, ich wehrte mich, aufständisch gegen mich selbst und für mich überlebend selbst, immer mehr Widerstand, mehrmehrmehr uswusf ...! Wehren, Widerstandbauen, wehren, Widerstandbauen uswusf ...! gegen dieses Ungetüm. Jetzt ist dieses Monster endlich verschwunden. Wie? Durchs leichte Methodisieren. Zur gegenwärtigen Sache!: „Was nun?!, –, Ein neues Leben werde ich beginnen! Zu rudern habe mich jetzt entschlossen. Viel rudern. Durch eine idyllische, dichterische, den Geist in eine Poesie bringende Landschaft rudern. Mein Boot habe ich: *EntGegenAller* getauft. Viel habe ich jetzt in der Realität vor. Keine Vernichtung im fleischlichen Akt. Eine Vernichtung geistiger Art. Mein toller Psychiater, *hören sie neuronal!*: – Ein System, ein Menschensystem habe ich in der Wartereischleuse entwickelt, bis endlich meine zirkelschen Arbeiten in der Welt erscheinen. Ein System in dem ›jeder‹ zufrieden ist. *Stellen sie sich einen dritten Weltkrieg vor, ohne das ein Leben dabei draufgeht.* Sei er ein Arbeitsloser oder ein Politiker. Ist der Politiker wirklich auf den Frieden dieser Welt bezogen?, das glaube ich nicht. Ich glaube, die Politiker sind süchtig nach Krieg, nicht auf Frieden. *Die Politiker werde ich zukünftig testen.* Druck werde ich auf sie ausüben, psychologisch, sie werden keine Chance gegen meine Übermacht haben. Ein Test an sie druckieren. Wenn die Politiker mich heimlich durch irgendeinen Kopfgeldjäger oder von wem auch immer umbringen, beim Rudern womöglich, wissen alle Menschen, dass die Politik, dass häßlich Staatliche *was damit zu tun hat*. Sie (wenn das Volk nur einmal raufschauen mag) wissen dann, dass die Politiker gegen den Frieden sind. Mein System wird funktionieren. Es ist genial! Mein toller Psychiater mit Dudelsack, *verstehen*

Sie dudelnd!: – Ein System was noch besser ausgeklüngelt ist als das System der Ameisen und Bienen. Immer schon ist mir irgendein *brutalperverser* Natursystem*fehler* bei diesen Lebensarten aufgefallen. Diese Lebensarten haben eine Königin. So, jetzt habe ich auch den Fehler bei Nietzsches Zarathustra. *Ein* Herrscher. Ahja. Einen Ameisenkopf hatte Nietzsche. Zwei Fühler an seinem Schnauzer. Die wollte er nicht abschneiden, das hätte ihm wehgetan. Nun, ein System, wo nichts unterlegen ist. Genial? Genial! Ich habe nicht vor, die Staaten aufzulösen, sie werden sich von alleine auflösen, ohne dass jemand umkommt. Ist das vorstellbar? Alles staatliche auf dieser Welt aufzulösen, ohne dass jemand dabei umkommt? Schwer. Für mich nicht. Kein Fehler besitzt mein System. Denn – der ist simpel. Komplexe Systeme, die sind nicht durchzuführen. Aber simple Systeme, schon. Es ist wie im heutig stationell aufgepluschtertem, generationellem Internet: – Vergleichen wir halt das (/oder/die) sogenannte/(n) aus Langeweile entstandene/(n) Genie/(s), das/(die) Facebook in die Welt entwickelt hat/(haben), ist halt diese meine Idee, auf die Realität bezogen, es ist eine *Verbindungs*idee. Facebook dient für eine Vereinigung, sodass jeder die Möglichkeit besitzt, in jeder Zeit, an jedem Ort, den Anderen zu erreichen. Diese meine Idee ist eine solch ähnliche Art. Mehrere Zentren müssen Sie sich vorstellen. Nehmen wir ein Wohnblockhaus. Davon stellen wir uns später Tausende vor. Ein Beispiel: – Stellen sie sich zehn kreative Menschen vor. Diese – zehn – kreative – Menschen – werden von der Politik nicht aufgegabelt, sind aber nun einsetzbar. Stopfen tue ich sie in dieses Wohnblockhaus, dann sitzen sie brav drinnen, ich komme rein, und gebe ihnen was als Aufgabe auf, was

Kreative zu bewältigen haben. Sie müssen ihre eigene Kreativität *finden*. Mein toller Psychiater, *verstehen sie dudelnder!*: – Kreative – weil sie Erschaffer – dürfen nicht zu viel Wissen haben. Unkreative – die das Erschaffene annehmen – nur mehr. So. Oder wir stellen uns Menschen vor, die *gerne* bauen. Es geht darum, diese Menschen, die gerne bauen, zu verbinden, in ein Haus hinein. Aber sie müssen bauen *wollen* ... dann entwickelt sich auch ihre lange Zeit vielleicht stillgelegte Fähigkeit. Es soll nicht gesagt sein, dass sie bauen *sollen*. Und so könnte man das mit jeder Art Mensch machen. Auch mit Schwerbehinderten. Es bräuchte gar kein Hilfsdienst vonnöten sein. Warum kein Hilfsdienst mehr? Ganz einfach: – der der ein IQ von 20 (200) besitzt erkennt irgendwann seine Intelligenz im 20er Pser Bereich und der neben ihn ebenso. Diese 20er Pser Leistung „erkennt" er und benutzt er bewusst, *weil er sie erkennt*. Der andere mit der 20er Pser Leistung kann vielleicht seine Intelligenz fürs Helfen benutzen, und *hat Freude* dabei zu helfen, also hilft *der* mehr Unterbemittelte den andern Unterbemittelten, und es muss kein Überbemittelter mehr etwas für einen Unterbemittelten machen, außer ein Überbemittelter will einen Unterbemittelten helfen, was einen Grund gibt, diesen mehr Überbemittelten zu den Unterbemittelten *zu schicken*, also bar ins Wohnblockhaus „zu schicken." Mit dieser Methode kann immer mehr und mehr das Geld dieser Erde abgeschafft werden, heißt, weniger Aufsicht, weniger Polizisten, und weniger Morde, wenn gar kein Mensch, da meistens das finanzielle Eigenvermögen die Menschen zu morden *motiviert*. Wie ist das zu bewerkstelligen? Ganz einfach: – Neben einem Wohnblockhaus steht ein anderes Haus, ein kleineres. Dieses Haus ist unterteilt. Diese Unterteilung dient der Arbeit des im Wohnblockhaus Wohnenden. Morgens oder Nachmittags geht der dann hinunter in dieses Haus, um seine Arbeit wollend zu betreiben. Diese Arbeit, die jener denn macht, dient zur „Greifung" für andere. *Zur Greifung*, müssen sie verstehen, mein toller Psychiater, der sie, wie ich gerade fliegisch beobachte, den Film, den ich ihnen vorgeschlagen, aus ihrer Filmsammlung äuglich kitschieren ... Also, die Menschen werden automatisch sozialer werden. Sie stehlen nicht mehr, sie greifen. Ist, denke ich, leicht zu verstehen, oder nicht? – da die Meisten ja keine *ab*kehrenden Gedanken hören wolln. Nächster Schritt, oder sagen wir, nächstes Beispiel, zur besseren Verständlichkeit: – ein Mensch will einen Tisch, der Mensch, der einen Tisch haben will, geht zu dem Ort, wo die Tische *zu greifen* sind, hin, er *greift* dann diesen Tisch. Jemand muss ihm aber diesen Tisch tragen und fahren. Also begibt er sich zu parallelen Orten hin. Ein Mensch fährt zu diesem Ort hin und fährt diesen Tisch bis zu ihm nach Hause, ohne das er etwas will. „Wie funktioniert das, dass jemand das für einen tut, ohne das jener was von jenen haben will, ohne etwas zurückzubekommen?" Ganz einfach: – Weil der, der den Tisch macht, und der, der den Tisch schleppt und fährt, weiß, dass er jener alles, was er braucht, von wo anders herkriegen kann. Es gibt dann schließlich nicht mehr den Satz: Sie sind, oder du bist mir etwas schuldig. Dies gibt es automatisch nicht mehr. Mein toller Psychiater, *legen sie ihr Dudelsack nicht weg!*: – Jeder kriegt das, was er gerade nötig braucht. Dieses Wissen, es gibt kein Wert mehr, wird die Gier automatisch bei den Menschen ausrotten. Dieser Gedanke wird dann auch nicht mehr im

Menschen herrschen: – ich kriege nicht dass, was ich brauche. Man kriegt automatisch alles, was man gerade braucht. Der gegenwärtige Mensch kann das noch nicht wirklich nachvollziehen, aber die nächste Generation schon. Wie?„Die Erziehung wird es ›automatisch‹ bewerkstelligen." Die heutige Generation kennt ja noch den Wert, aber die nächste Generation wird es lediglich nicht mehr kennen. Sie wird es nicht mehr brauchen. Es werden keine glücklichen und leidenden Menschen mehr existieren. Nur mehr: *zufriedene*. Genial? Genial! Dieses System hat keinen Fehler. Nehmen wir einen Politiker. Warum ist jener Politiker geworden? Zwei Gründe: – er will verändern, oder er will Macht, was anderes kann es nicht sein. Mit meinem System können wir herausfinden, *wer* Macht und *wer* Frieden möchte. Genial? Genial! Also werden die Politiker, die was verändern wollen in dieser Welt, „automatisch" zu meinem System herüberwandern und dieses tun. Die andern, die Macht wollen, werden automatisch, nicht wegsortiert, wie man vielleicht denken möge, sie werden genau wie die andern *gebraucht* und verweltet, auf einer zufriedenen Art, ohne auf diese Menschen böse zu sein, weil sie nichts dafür können, also verwenden (verwerten) wir sie in speziellen und bestimmten Häusern. Natürlich sind nicht nur Wohnblockhäuser vorzustellen. Das Wohnblockhaus ist dann erschaffen nach der Art des Tuns, was dort drinnen herrscht und praktiziert wird. *Wo ordnet* man Menschen, die süchtig nach Macht sind, hin? Ganz einfach: – sie bekommen ein Territorium, was sie kontrollieren dürfen. Sie werden Operndirigenten. Wer ist bitteschön besessener und machtbesessener als ein Operndirigent? Da ist Cesar v. Chr., Napoleon n. Chr., Hitler n. N. nichts dagegen. Wie ich gehört habe, waren sie ja Hitlers Lieblingspsychiater. Zu extreme Methoden, soll ich gehört haben, haben sie im Bunker extremisiert; haben sie wirklich das Wort, *Suppe*, sich getraut dem Führer zu sagen? Nun weiter!: – Also, mein toller Psychiater, *mit noch mehr dudelnder Musikalität!*: – in einem solchem Haus befinden sich dann die Machtbesessenen. Es müssen aber dort auch Menschen existieren, die sich gerne diesen Menschen sich unterordnen. So, wie funktioniert das? Natürlich sollte man nicht zwei Machtbesessene in eine Abteilung werfen. Das Haus wird unterteilt, ebenfalls das Haus indessen sie täglich arbeiten. Die Größe der Besessenheit der Macht wird ebenfalls unterteilt. Es wird irgendwann gesehen wie hoch der *Wahn zur* Macht bei jenem Individuen sei. Desto niedriger der Wahn zur Macht desto weniger Territorium, desto mehr Wahn zur Macht desto mehr Territorium. „ Hqe. „Was ist das für ein Territorium, was diese Menschen dann kontrollieren wollend dürfen, ohne das ein Aufstand von Leuten gerät, da ja diese Menschen zufrieden und wollend, dessen Anordnungen Folge leisten? Nichts leichter als das!, mein toller Psychiater, *der sie das Verb endlich verstehen müssen!*: – Diese Machtbesessenen kriegen kein Extrahaus, sie dürfen in jedes Haus. Heißt: Sie können jede Klasse kontrollieren, die sie Lust haben. Sagen wir: – es wird ein Haus gebaut. Ein Machtbesessener hat Lust anzuordnen, wie dieser Bau verläuft, ohne großer Ausbildung, „weil es eine Fähigkeit" und er eigens diese Fähigkeit *erkennt* und ordnet dann diesen Verlauf an. Wie – ? – erkennt *er*, eigens, die seine" Hqe, sagte der Psychiater „eigne, diese, Fähigkeit? Deshalb mein Erziehungssystem, worauf ich später kommen werde, mein toller Psychiater.

Verstehen sie mit züngliger Extremität!: – Stellen sie sich einmal diese Welt vor, wie malerisch diese Welt erscheint! Die kreativen Menschen dürfen wirken, ohne links liegen gelassen zu sein. Die Städte wären kreative, nicht parische" parisische, paarische? ... „Erscheinungen. Alles wäre ein Wunderwerk. *Kein* Dreck mehr ..."

– (Der Psychiater erträgt es nicht mehr, nur mehr Leidnisse und anderer Redekram, von andern geschädigten und schon längst zerstörten Organen zu hören. Jetzt will auch mal der Psychiater seine Dinge, seine eignen leidenden Probleme loswerden! Und dafür braucht er gut aufgeperrte Ohren.) –
BLABLABLABLAallesnurvollgewichstes_{BLABLABLA}BLABLA!, denkt der Psychiater und hat *keinen Bock mehr*, diese träumliche und verweinte Stimme zu hören. Der Psychiater bindet den Patienten, der sich der Geschwindigkeit des Psychiaters nicht erwehren konnte, auf dem Stuhl aggressiv mit einem Seil fest. Davor hat er ihm jedoch noch eine Spritze in die Vene laufen lassen. Die Wirkung behält aber die Sinne an. Und erhöht sie sogar! Bezüglich klebt der Psychiater alle deren Sinne des seinen Patienten dicht, außer als die seine Ohren, denn diese Ohren, was eine Leitung bis zum Gehirn, müssen nun jetzt sich mal sein Gehirn schmerzend anhören.

...pöffpöff**pöffpöffpöffpöffpöffpöff!**

uswusf ...! uswusf ... -/!/- -/!/- -/!/-

uswusf ...! uswusf ... -/!/- -/!/- -/!/-

uswusf ...! uswusf ... -/!/- -/!/- -/!/-

Der Kaffee ist viel zu stark!, sagte Achilles. Ich mag ihn aber lieber stärker, sagte Penelope. Ich aber lieber schwächer! Das ist das Letztemal gewesen, dass ich einen *zu* starken Kaffee trinken musste! Jetzt werde ich mir selber eine Kaffeemaschine besorgen! Achilles ging beleidigt aus dem Büro. Ein paar Minuten später kam Achilles verstört wieder ins Büro, sagte: wir belassen es so wie es ist. Du bist mein Opferchen!, schrie Penelope und tippte nun nervöser, mit noch robusterer Intensität als ihre Gewohnheit zulässt, auf die Tastatur ein; die mit brasilianischer Zigarrenasche verrußt ist. Achilles ging wieder raus. Jedesmal gebe ich nach, dachte Achilles beim Rausgehen. Morgen nicht. *Morgen nicht!*, sagte er sich immer wieder. Aber seine Mitarbeitskraft ist stärker, dachte Achilles ...

„Meine Sekretärin rief heute Morgen Beethoven an. Natürlich nicht den echten Beethoven. Den gekünstelten. Mein Sekretär, Mozart, den echten, natürlicherweise den echten – *wie?!*, meine arbeitlichen, als Unmöglichkeit von normalitativen Geistern ansehenden Methoden, bleiben ein frikadellisches Geheimnis. Der junge, experimentierfreudige, größtenteils noch unbekannte Gould konnte nicht, zu beschäftigt. Beide kamen dann also in meine Praxis. Zwei Klaviere ließ ich dann schleppend von meinen beiden im Büro Arbeitenden herein. Beeilt euch, sagte ich ihnen. Zackzack! Beethoven und Mozart müssten gleich hier mit ihrer sensiblen Künstlichkeit eintreffen. Gutbezahler, sage ich immer, müssen Ärsche sein. Schlechtbezahler, andere Ärsche. Ignorieren Sie Mozart und Beethoven gleich. Dies gehört heute zu meinem Arbeitsprogramm. Eine neue Methode habe ich vor bei meinem Patienten zutätigen!"

Heimlich holte Penelope aus ihrer Schublade, einen funkelnd erscheinenden silbernen, das Achillesauge dessen Vorkehrung, *beim offenen Fensterlicht, offenen Kerzenlicht, offenen Deckenlicht, offnen Tischlampenlicht* + Penelopebrille, alle Lichter auf dessen einen Schwerpunkt fallend, dadurch, solcher Gründe, auf neue archimedische Bezugrechnungen stoßende Erkenntnisse mitkriegenden Flachmann heraus – und nippte einen großen Schluck, Penelope einen einmal hustenanfälligen Krampf heraus. Achilles sah es, durch Parallellichtreflexionen, mit seinem Genick weiter nach links drehenden, das Auge mehr nach rechts wendend schmerzverzierendem, scharf eigens in die mit zwei Händen mit größten Kräften und Schmerzen entgegenhaltenden Driftkurve hineinbenutzenden Augenwinkel – und ging darauf, um versuchend unaufmerksam, was, das weiß Achilles, niemals erschafft, zu erscheinen, zum Wasserhahn. Sie weiß, dachte Achilles, dass ich sie dabei erwischt habe ... „Eine Waffe?" ...

„Zum Eingemachten!: –„!" – Zur Sache!: Zur Extremitäts*behandlung, der nicht wie das von Sexualität durchnässten, perversierte Volk zu denkenden Behandlung!* Zur Extremitäts*peitschung* der dunklen uns gemarterten Seelen. Zur Extremitäts*zerfleischung*. Zur Thermonuklearischer
Kernverschmelzungsfiktionalitätorgasmusitätskommung.
Verbildlichen Sie!
Zu meiner selbstimmitationierten Extremitationkakophoniekakodylverbindung, verstehn sie, zur gereichten Keratitis, reichtem Keratom, verbinden sie kooperativisch uswusf ...! Und nun, mein Patient, werden sie fusionilisieren.

H-q-eh-q-e! H-q-eh-q-e!

Ich habe eine Apparatur entwickelt, eine unglaubliche Apparatur! Eine Apparatur, die in der Lage Geister, *nicht das Gehirn*, verstehen sie, „Geister" zu überblicken. Da sie ja gerade nichts sehen können, kann ich ihnen sagen, wie der Anschein meiner Apparaturmaschine mit ihrem Geist sich kontaktivisch verbindet. Eine Anscheinbaukonstruktion, ähnlicher Bauart, eines eine genau neben ihnen sich an ihren Nerven angeschlossenen Lügendetektors, *mehr oder weniger,* hokupussiert – ein Wort was sie vorhin in meinem Behandlungsraum verwendet haben – ihre Flaszie ... aber in welche Richtung meine Maschine sie zukünftig lenken wird, *wir werden sehen!* Manchmal wird dann, nachhaltiger Monologzeit, interessante Resultate aus ihrem Geist, kraft meiner neu erfundenen Maschine, erzielt, – dann bestandteilig gefiltert, resultiert, berechnet, faktiert, schließlich und letzten Endes *entschlüsselt*. Stromwellen spricht meine Apparatur. Ich beherrsche die Kunst, mich mit Ameisen zu kommunizieren, da ich mir die DNA Derer in meinen Körper verpflanzt, *nicht verbunden*, habe, beziehungsweise: Eine Sprache: – die *ich* nur beherrsche auf dieser Welt, kein andrer, da niemand diesen Wahnsinn auf sich ergehen lässt. Gestern, als ich in die Küche morgens verkatert spazierte; Penelope und Archimedes mir gerade Brote schmierend, – liefen ungefähr ein paar Hundert Ameisen an der Decke lang, dabei fragte ich mich, *wer* sie anlockte, *welche* ansogige Fühlerkraft fühlte die Kraftwelle der Generationsveränderung? Resultate Resulte, wir brauchen Resultate ... Mir ist es, als Psychiater, bei meiner Interpretation, sehr wichtig, dass Ohren, *mit der größten Achtsamkeit und Aufmerksamkeit,* meinem Gerede zuhören und gänzlich in das Gehirn eingepaukt bekommt. Dabei blinkt die Maschine immer *auf*, wenn der Geist abschweift. Immer wenn der Geist des Patienten, *V-onI-*hnen!, abschweift, kriegen „Sie", was wie ein Elektrohinrichtungsstuhl verarbeit und aussieht, einen Elektroschock. Dreimal darf der Patient abschweifen, sonst passiert was. Im linken und rechten Ohr des Patienten stecke ich als Psychiater extra Rohre rein, sodass der Patient noch besser hört.

Links und rechts steht ein Klavier. Hingewinkelt zu den Ohren des Patienten. Links, von Seiten des Patienten, Beethoven, rechts, Mozart. Passend der Gehirnsphären.

Und dies mache ich gerade mit *Ihnen*."

Der Psychiater machte ein seltsames Geräusch (H-q-eh-q-e! Diesmal hörten sie es, *dachte* der Psychiater mit klaverischer Züchtigung) ...

Beethoven und Mozart betraten das Zimmer, an ihr Klavier sich zurechtmachend.

Auf den Dirigentenwirbeldurchdieluftschlagmoment wartend.

Penelope geht gerne ins Fitnessstudio. Gewichte heben. Achilles geht gerne in die Bücherei. Gedanken heben ...

„Einen Nierentisch bevorzuge ich für meine Arbeit. Auf diesem Nierentisch steht eine Tütenlampe. Ich liebe Tütenlampen! Wenn mir langweilig ist, gehe ich an meinen Nähtisch. Aber niemals nähe ich am Nähtisch! In meinem Wartezimmer ist es meinem Patienten möglich, jede Art von Sitzmöglichkeit auszukosten. Noch ein Grund, warum meine Praxis so beliebt ist. Ein Liegestuhl, eine Luftmatratze, nen Papphocker, nen Schwedenstuhl, ein Ulmer Hocker und und und ... Bezüglich habe ich im Wartezimmer eine Biergarnitur. Ich sage immer, ein bisschen angeschnipst lässt sich alles leichter aus der Palme wedeln, nicht? Ist Ihnen auch mal aufgefallen, dass ich, wenn sie sprechen, niemals Notizen mache? Noch nicht einmal Zettel, seis ein Stift befindet sich auf meinem Nierentisch, was mein sogenannter Arbeitsplatz. Eine Vitrine besitze ich hier in diesem Behandlungsraum. Schmuddeliges befindet sich dort drin, denken sie? Klar!

Warum ist es sonst abgeschlossen?!

Philosophie, Wissenschaft, Literatur unkreativer Geister uswusf ...! *Dinge des Berauschenden* ...?

Man sagt, Alkohol ist nicht die Lösung, aber warum diese Lösungsfindungsstreitdebakelformel:

<u>Penelope vs (+) Archimedes/110 % Power! + (vs) 10 % Power!</u>

Wollen sie mal was seltsam Komisches hören: heute habe ich eine Reihenfolge von Patienten gehabt, die diese Namen trugen: Zsa – Zsolt – Zsombor – Zsuzsa – Zsuzsanna uswusf ...! Nicht eigenartig? Mein riesiges breitlängiges Aquarium ist *exakt* eine Etage unter dem Behandlungsraum. Warum genau *exakt* darunter? Eine Ahnung? Eine gewisse Idee? Nein? Ich dachte, sie leiden an Manie. – wo ist denn ihre Kreation? Aha! Sie ist verloren gegangen! Durch mich? *Habe* ich sie durch meine Unterbrechung schockiert? O, dass tut mir aber leid. Das wird nicht noch einmal vorkommen, dass verspreche ich ihnen!"

Was spuckt die Apparatur, aha!: ... uswusf ...!

<u>*Abgeschweift sind sie! Zweimal noch! Dann passiert was!*</u>

Penelope!, schrie Achilles im Büro. Du hast alles falsch abgetippt, das musste heute fertig werden! Schrei mich nicht an!, schrie Penelope. Ich habe doch mein Bestes gegeben. Wie du siehst, nein. Darauf schmiss Achilles Zettel ins Penelopes Gesicht. Schreib ab!, schrie Achilles. (Achilles hat vor sich gegen seine Mitarbeiterin aufzulehnen). Sonst sag ich es dem Chef. Wenn du dies tust, drohte Penelope, dann ... Dann was, so Achilles. Dann werde ... Dann werde ich dem Chef sagen, dass du mich hier vergewaltigt hast. Ah, wenn du dass tust, dann sage ich dem Chef, dass du heimlich dich in sein Zimmer schleichst, um *seine* Geheimnisse zu schnüffeln. Das wirst du nicht wagen!, schrie Penelope. Das werde ich dir alles heimzahlen, du Laus! Und dir werde ich das Vierfache reinschachen. Dann ich dir das Achtfache. Das Sechzehnfache. Zweiunddreißigfache. Vierundsechzigfache. Hundertachtundzwanzigfache ... !!!!!!!!!!!! uswusf ...!

„Danach habe ich welche gehabt, die hießen Abbondanza – Siegbert – Gangolf uswusf ...!, nicht ebenso eigenartig? In der ganzen Praxis verteilt hängen viele Bilder, mehrere schmierige Ölbilder. Aquarelle. Fantastische und Phantastische. Viel Van Gogh. Abstrakte Malerei uswusf ...! Eine tolle Praxis habe ich, nicht? Ahja, und natürlich ein Gemälde worauf ich gemalt wurde, pudelnackt, ›*müssen sie sich vorstellen.*‹ Hängt am Eingang. Darauf können sie sehr gut erkennen, wie ich in der linken Hand eine Universumkugel halte, und in der rechten die Löwen davon abhalte, diese Welt zu betreten. Vorne, wenn man an den Eingang meinen Praxis angelangt, und durch den Eingang, als *Vor*stadium meines psychiatrischen Methodenprogramms hypnotisiert, kräftigt, benebelt beanschaut, unkenntliche Dinge # als Wahnmuster # bestaunt, schreinig dadurch Seele reinigt – erblickt man sofort ein *torbögiges* Aquarium, wo *mein* Megalodon „wartet", aber niemand fragt mich, „woher" ich *mein* Megalodon herhabe, nicht seltsam? Niemals sage ich Arbeitszimmer, immer: Behandlungsraum. Das ist mir wichtig! Ein Tick? Womöglich. Manie Manie Manie Manie. Eine unterhaltende Manie! Vorhin sagte ich aber Arbeitsraum. Auf*lösung* meines Tickproblems? An meinem Fenster steht ein Schachtisch. Aber wer spielt mit *mir*? Ich mit mir selbst natürlich! Es ist immer gut, wenn man weiß, was der Gegner vorhat, nicht? Erst mache ich einen Zug auf dem linken Stuhl, dann wechsele ich herüber auf den rechten Stuhl, und mache deftigen Konter gegen mich selbst. Macht Spaß! Eine schöne, vorhin sagte ich nicht schöne, bei einer Aktion schön erworbene Vitrine steht in meinem Behandlungsraum. Der Inhalt gibt diesem Raum Kraft und Leben. Asterismus interessiert mich, *als*-asteroider-Gehirnist. Den sexistischen Naturalismus. Nebelballige-Spiritualismusistische-Mystizismuseffektschlagungen. Eigentlich habe ich beim Aussprechen des geradigen, aus meinem patientisch reinigendem Gehirn entwachsenden Wortes Nebelballige-Spiritualismusistische-Mystizismuseffektschlagungen überlegt, es wörtlich zu verlängern, weil es mir doch, muss ich sagen, zu kurz vorkam, *viel zu kurz* ...„die Welt unterfordert mich" ...) Stuss interessiert mich halt: ... uswusf ...! Dass in einem Kern Lebende. Beobachten sie das Funkeln meines Feuropals. Meines Lapislazuli. Meines Axinit und Hämatit. Meines Goldberyll und Chrysoberyll. Und: Amazonit. Zoisit uswusf ...! Aber kein einziger Patient sagte mir mal, dass diese Steine Ihnen Kraft leiht.

Schwächen meine Arbeitsmethoden Sie?
Bonheur du jour ... uswusf ...!"
Was spuckt die Apparatur, aha!: ... uswusf ...!
<u>Hören muss gelernt sein. Wieder sind sie abgeschweift!
Einmal noch! Sie wissen, was dasheißt!</u>

Achilles, sagte Penelope, vorhin rief der Patient so und so an. Hast du eine Ahnung, was er damit meinte. Ja, was meinte, sagte Achilles. Du musst mir doch sagen, was. Wie kannst du, wenn du sagst, ob ich eine Ahnung davon habe, sagen, was. Sagen, was, Penelopiade. Penelopiade, was ... uswusf ...!

„Meine Sekretärin, *Penelopi*, – ich mach mich immer über ihren Namen lustig, – kam letzte Woche in mein Büro hinein, sagte: Ein Gehirnlabor hat heute *wieder* angerufen, sie fragten, ob *Sie* (MICH!) Lust hätten ihnen ihr Gehirn *zu geben*. Sie müssen hören: Mein schmutziges Gehirn *wollten* sie. Und das war nicht das erste Mal gewesen, dass welche mein schmutziges Gehirn *haben* wollten, auch vor einigen Monaten kam meine Sekretärin – vor einigen Monaten hatte ich eine andre Sekretärin gehabt, sie hieß ebenfalls Penelopi, *alle meine Sekretärinnen hießen Penelopi!*, habe sie schlechtlaunig, mit dem Zeigefinger in die Umwelt hinauszeigend, wo sie pleitend hingehört, rausgeschmissen uswusf ...! – herein, und sagte: Und wieder ruft einer an und *will* ihr Gehirn. Auf einmal wollen alle ihr Gehirn, sagte sie verwirrt und bemerkend darauf hinterher. Meine Paranoia hat sich durch diese von meiner Sekretärinnen zu mir gerichteten Sätze: Sie wollen mein Gehirn!, verschlimmert. Wenn ich abends aus dieser Praxis gehe, auf der Straße gehe, glaube ich, jeder der nun an mir vorbeigeht, *will* mein Gehirn. Die Gehirnlabore lieben *mein*" (der Welt bald, *vielleicht*, – wenn es nicht im bäckrischen Hochofen verbrannt, – gehörendes) „Gehirn. Einmal war ich auch in einem Gehirnlabor drinnen gewesen, ich sagte: *röntgen sie mein Gehirn, röntgen sie es, denn dort ist was drin, was ihnen Angst machen wird.* Sie röntgen dann also mein Ultragehirn. Und?! – sagte ich dann nachdränglich, etwas in Eile bezogen. Was sehen sie? Der Forscher im Gehirnlabor sagte, ja, ein Ultragehirn (als würde dieser das jeden Tag sehen, „so" sagte dieser nichts im Leben vorhabende *Dass*. Geben Sie es uns! Rasch wurde er dann spleenwerdend, als er mein Gehirn rendezvousmäßig, absolut verliebend, kennengelernt, hat. *Geben Sie her!* Eine unheimliche Angst würde ich der wissenschaftlichen Welt epochonal hinterlassen, *ge*meine er. Was ich verlangt habe? Hundert Milliarden Scheine! Er bejahte. Was ich geschrien habe? *Joke! Alles nur ein Joke!* Sie, mein Patient, sehen ja, oder haben Mal gesehen, sie können ja jetzt mit zugebundenen Augen nicht sehen, wenn sie in diese Praxis hineinkommen, mein Eingangsschild neben der Klingel. Dort steht neben meinem Namen achtundzwanzigmal Doktor (Dr. Dr. Dr. Dr. Dr. Dr. Dr. Dr uswusf ...! Ich will immer, wenn ich zu einer Besprechung gehe, auch mit: achtundzwanzigmalaufzählen als Doktor angeredet werden. Ich zähle dann auch immer mit, wenn jener achtundzwanzigmal *versucht*, mich mit Doktor anzusprechen. *Verzählt!,* sage ich fast jedes Mal. *Wieder verzählt!* Manchmal sage ich, sie haben sechsundzwanzigmal Doktor gesagt, manchmal sage ich dann, nun haben sie siebenundzwanzigmal Doktor gesagt, manchmal sage ich dann auch: Nun haben sie neunundzwanzigmal Doktor gesagt, und einmal hat jener sogar achtunddreißigmal Doktor gesagt, da dachte ich: alles *Zähl*legasteniker! Verkrüppelte! Ein Raum voller Menschen, die an einer verkrüppelten *Zähl*legastenie leiden! Und dann, endlich, schafft es jener achtundzwanzigmal Doktor zu sagen. Den lobe ich dann immer keksig. Sie müssen das. Es ist eine zirkel*sche* Routine. Ich befehle dann auch: mach! Mach, – *sonst!* Und dann drohe ich extremisch, immer extremisch, niemals haiisch, verstehen sie, niemals zerreißend, immer extremisch uswusf ...!, mit meiner achtundwanzigmal beschaffenen Doktorfaust: *Mach!* (ohne das ich die Faust zu heben brauch.)

Was spuckt die Apparatur, aha!: ... uswusf ...!
<u>*Wieder abgeschweift, aber weil ich so lieb bin, gebe ich ihnen noch einmal eine Chance!*</u>

Penelopyx redet oft von Fußball. Achilles viel von Ballett. Er hält viel von Ballett. Am meisten Eisballett ...

„Der Mensch gerät immer sehr schnell, in eine Grenzsituation. Meine höchste Grenzsituation, fragen sie sich vielleicht *intim*. Da fällt mir ein Moment ein. Da war ich sieben Jahre alt. Vier Kinder waren wir. Wir standen da so herum und uns war allen stinklangweilig. Dann sagte ein Kind: Ja, mir ist langweilig, denken wir uns ein Spiel aus! Da sagte ein andres Kind: Auja, eine gute Idee! Denken wir uns ein tolles Spiel aus! Ein grandioses! Und das andre: was für tolle Ideen du doch hast! Und ich sagte dann, Mist, *alles* Mist! Spielt alleine! Sie guckten mich böse an, hurisch abweisend, als hätten sie bei mir mehr zahlen müssen. Ich fügte mich ihrer kindlichen Kreationsdämonität. Ihren unheimlichen Fantasien.

Ich spielte also mit, ich spiel mit, ich spiel mit, sagte ich! Ein tolles Spiel spielen! Auja, sagten dann alle! Spiel mit, Windler! Und wir spielten, müssen sie sich vorstellen, wie tolle anmutige Kinder. Was für ein Spiel war das, fragen sie sich. Ein gar nicht so langweiliges Spiel, das muss ich zugeben, worunter ich heute noch, wegen dessen, unter großen Einfluss *gegeben* leide. Auf gar keinen Fall, eine in die Schläfrigkeit führende Tätigkeit. Auf einer Brücke standen wir. Wir alle vier, nichts ahnend. Gewitteranzeichen machten sich am Himmel blitzisch von Zeus bemerkbar, aber wir bemerkten keine Anzeichen, und der Wind war stürmisch, *aber wir waren stürmischer*. Einer sagte, der der die Idee hatte: wir *balancieren* jetzt über diese Brücke! Auja, schrien die andern zwei! Also *balancierten* wir. Ein(yn) Kilometer *balancierten* wir also über diese Brücke, versuchend (nur einer kam durch) … *Wer* kam durch, fragen sie sich? Unsere Arme hingen wie Waagen in der Luft. Schalalala Luftschwingend war der Anfangsmoment! Ich stand in der zweiten Reihe, also zwei andre Kinder standen hinter mir. *Ich spürte*, dass gleich das Kind hinter mir herunterfällt. ›*Ich falle gleich*‹, sagte das Kind hinter mir. Das Kind hinter dem, das gesagt hat, „ich falle gleich", *kicherte*. Es fiel wirklich, das Kind kicherte lauter. Es kicherte so doll, es fiel sogleich hinterher. Sogar beim Fallen kicherte es noch, dass andre fiel stummen. Rasch kamen sie in Grenzsituationen. Das kichern, *ist* eine Grenzsituation, genau wie das Stummen. Das Kind, was kicherte, kicherte aus Verzweiflung, müssen sie wissen, wie umgekehrt, das Stummen. Rasch habe ich dies in meinem Psychiaterdasein herausgefunden. In meinem Psychiatersessel sinniert. Also waren nur noch zwei da. Der vor mir, und ich. Das Kind vor mir, der die Idee gehabt hat, fragte mich: "Sind noch alle da?" (Er sagte es schüchtern, als hätte es vergänglicherseits sein Schicksal voraussehen können.) Ich sagte, nein. Das radikale Nein, was ich gesagt habe, erschütterte ihn (*und mit welcher Betonung*) ichs ausgesprochen habe, ließ meine Radikalität seinen Spielwitz ins Wanken kullern ... ja, es ejakulierte ihn in den Abgrund, so ist es *orgasmusitärisch* angefangen, und so endete es auch *sterblich*, ohne eine extreme Existenz geführt zu haben. Seis die komödiantische Möglichkeit gehabt zu haben, je einmal im Leben etwas *wert*bares gewesen zu sein uswusf ...!), und es fiel ebenso wie die andern, in den sechshundert Meter Abgrund, oder mehr Meter*ab*grundzählend uswusf ...! *Es schrie nicht, so erschrocken hat es sich.* Hätte ich mit meinem Auge geschielt, wie das Kind herunterfiel, ich wäre sicherlich ebensogleich hinterher gefallen, also beließ ich es und kontrollierte – wie die in den Sand gemalenen Busenkreise meinen Archimedes kontrollieren – meine Grenzsituation. Tatsächlich schaffte ich es, bis an das Ende dessen Brücke zu gelangen. Wie den Wahnsinn überlebt?! Durch überhöhte Konzentrations*haltung*, was ich bis gegenwärtiger Lage, nicht mehr imstande sei, zu mildern, zu subtrahieren, zu entschmerzen, wenigstens klägliche Dividationsbelohnung ... nur bestraflich anhaltende, unwankende untereinander gestapelte Zahl*ad*dierungen ... MultiplikationXschwärme uswusf ...! Was passiert, denke ich, *wenn* ich diesen Haltungsschmiedeeisen loslasse? Wo falle ich dann hinein? Ins Glück? – Ins Chaos? – Ins Unglück? – Oder alles als in einer Produktüberraschungspackung?! Irgendwann werde ich dies herausfinden! Und es wird danach weitergehen und immer weiter! Seitdem leide ich an immerwährenden Grenzsituationen. *Alles* ist für mich eine Grenzsituation. Wenn ich dusche, mich rasiere, Zähneputze, *alles* eine Grenzsituation. Die drei Kinder, die also beim *Balancieren* heruntergefallen sind, fragten mich irgendwann deren Eltern: „Hast du sie umgebracht?" Was hätte ich mit sieben Jahren antworten sollen?: Ja? Oder – was! Ich sagte, nichts. Diese Eltern, diese Kreaturenmacher, schauten mich wie Verbrecher an. Sie glauben sicherlich noch heute, dass ich mit sieben Jahren *ihre Kinder umgebracht* habe, und ja: Vielleicht habe ich es tatsächlich. Sie umgebracht. Manchmal kriege ich auf meinem Anrufbeantworter zu hören: Mörder.

(Ganz leise sagen sie immer: M-ö-r-d-e-r.)

Sonst nichts, nur ... – ... M –ö –r –d –e –r.

Ich habe mal mit einem wirklichen Serienmörder gesprochen, ganz nett. Fällt Ihnen auf, dass Mörder immer mehr bessres Benehmen haben, als Mörderunterdrücker? Aber egal ... Es war ja nur ein Spiel. Wie ja alles reglich nur mehr ein Spiel ist. Seitdem wollten Kinder auch nicht mehr mit mir spielen. Ich weiß eigentlich gar nicht warum, ich schaute sie alle doch so lieb an, immer göttlich, niemals teuflisch. Wenn ich immer in die zweite Klasse hineinging, sagten Kinder des Öfteren: Streber! *Ich?!* – ein Streber?!, schrie ich dann durch die Klasse! Das bin ich! Ein genialer Streber, der immer" – (verbisch meinend!) – „ein Plüschen neben der EIN haben will!, sagte ich gewitzt." – (Zusammenfassend meinend:) – „Immer wenn ich meine Schularbeiten dem Lehrer verabreicht habe, sagte ich ihm, *machen sie ein schönes Plüschen neben die EIN!*, dann sagte der Lehrer, ich weiß doch gar nicht, ob es eine Eins wird, darauf sagte ich: *es wird eine Eins!* Weil sie zweifeln, Herr Lehrer, sagte ich, deshalb sind sie auch *nur* Lehrer geworden! Das *nur*, verletzte ihn. „Durch mich" ist der Lehrer Alkoholiker geworden, müssen sie wissen. Durch mehrere von mir ausgesprochene zu ihm gerichtete „absichtlich Arschloch" *gemeine* Sätze: Alkoholiker. – Eine EIN Plüschen! Die Lehrer zweifelten irgendwann niemals meiner Aussage mehr. Denn ich hatte *immer* eine EIN Plüschen gehabt! Mein Vater war ständig „auf mich" in der Vergangenheit neidisch gewesen. Er schlug mich als Kind immer windelweich. *Neid*, müssen sie wissen. *Neid*isch auf meine Leistung, Diziplin, Unerschütterung allem laternisch Idiotischen. Niemals eine Zwei oder eine Eins. >Immer!" (wissen sie die Definition: „immer<, was Dollaranhaltendsteigernd: – $-/-*immer*-/-$ bedeutet? ...? uswusf ...!) Immer! eine EIN Plüschen! Alles Jahre lang eine EINs Plüschen! *plötzlich*. Die Einserkinder, die auch noch zwei Jahre älter waren als ich, habe ich andauernd ausgelacht. In der – steck dir mal-was-in-den-Mund – Pause, wollten sie mich immer verprügeln, aber seitdem mehrere Kinder mysteriöserweise verschwunden sind, greifte mich keins mehr an. Ermittler buddelten mit Spaten auf dem Rasen Löcher, suchten, ich fragte mich immer nur bloß, welchen Schatz sie *so besessen* suchten ... Es ist mir heut noch ein Rätsel. Zur Sache!: – Einmal hat der Lehrer dieses Plüschen vergessen! Ich sagte: *Wo ist mein Plüschen! Wo?!* Die Kinder mochten nicht meine rabiate Art, *psychiatrische* Extremität uswusf ...! Mit meinem Füller ging ich durch das Klassenzimmer, *drohte* jedem damit! Sei ruhig! Alles Kinder zuckten dann immer in sich zusammen. Lustig, nicht? *Sei ruhig!*, sagte ich. Hehe, immer wieder: Sei ruhig!, die rote Füllertinten*spitze* an die Schlagader zwickend. Ich will mein Plüschen!, dies drohte ich rechtens hinterher. Das einzige Kind bin ich auf dieser Schule gewesen, dass mit roter Tinte schreiben *durfte*. Niemand konnte mir die rote Farbe verbieten, das konnten sie sich nicht erlauben, weil ich als die beste bestialische Leistungsmanie der Schulkräfte anerkannt und angesehen wurden bin und die Schule durch mich mehr Finanziellität bekamen und wegen dessen stetig auf mich hören mussten, – wie Kinder auf mich hören mussten, hehe, nochmal, *wie Kinder auf mich hören mussten* uswusf ...! Dem Reichsregierenden habe ich mit neun Jahren die Hände geschüttelt. Ein schwacher Händedruck. Ich quetschte ihm die Finger knackig. Der Reichsregierende musste die Schmerzen, die ich ihm mit einem Grinsen zufügte, vor den Kameras unterdrücken, es gelang ihm nur extremst Zusammenreißend; was nur ein gedanklich auswendiggelerntes Gedicht, aus der seinen Kindheit, ihn nicht zum Weinen erbrechen ließ. Am Gesicht konnte man seine *Balance* beobachten. Fast verstummte er, fast kicherte er, und fast – hehe, ja: *fast* „verfiel" er in beiderlei Unkontrollen *hinein*. Ich machte ihm ein paar Verbesserungsvorschläge, bei dem und das, aber er setzte diese meine Verbesserungsvorschläge natürlich und selbstverständlich nicht durch. Er sagte mir nur das Wort, mit quasimodischem Bücken, müssen sie sich vorstellen:

›ᴍaC**H**ᴛ‹/(Bratwurst) uswusf ...! Sofort erkannte ich: ein besinnungsloser Affenköpfiger Dummkopf! Wenn sie das H genauer betrachten, erkennen sie eine Brücke, als Verbindung einer Burg? „*Sie hörten gerade meine Verlorenheit im rötlichen Reich!*" Der Lehrer sagte dann auch, nachdem ich es ausgerufen habe, o, wie unachtsam von mir. Dann bin ich wieder ruhig, ganz ruhig, an meinen Tisch gegangen, an meinen Extr*a*tisch, müssen sie wissen, *weil* ich ein+en Extramensch, und sagte darauf, *gut!*" – Zusammenfassend meinend: – „Dieses gut, sagte ich immer bekräftigt. Auch die Parallelklasse hörte immer, wenn ich *gut!* sagte. Du sagtest heute wieder, *gut!*, sagte dann des Öfteren ein Parallelkind/Parallelmensch uswusf ...! Paar Minuten, nach einer solchen Debatte, schrie ich dann immer extrem auf, wenn der Lehrer lallend gerade gesprochen: *Joke! Alles nur ein Joke!* Dann schwieg alles und der betrunkene Lehrer sprach denn mit Ängstlichkeit weiter. Die Lehrer haben mir immer Extraarbeiten gegeben, die schwerer waren als die andern Arbeitsbögen, die die ungenialen Kinder aufgekriegt haben. Immer Schwerere. Kompliziertere. Anstrengender*e*. Genialerer*e*. Aber die Lehrer wussten nicht, desto schwerer die Arbeitsbögen gewesen waren, desto leichter fielen mir diese Arbeitsbögen durchzuarbeiten. Die Lehrer schüttelten immer den Kopf, wenn sie meine Arbeiten „früher" zurückbekommen haben, als von den andern. Immer bin ich „der Erste" gewesen, der die komplizierter*e*n Arbeitsbögen abgegeben hat. *Immer* der erste. Da, sagte ich dann immer, wenn ich meine Arbeitsbögen vollgeschmiert habe, –„da": *Schauen sie durch, und geben sie mir eine EIN Plüschen!* Die Lehrer hassten mein Genie. (Manchmal horchte ich auch in der Schulpause ein Lehrerseminar zu: Ich hörte dann, ganz leise, als hätte jener Lehrer *gespürt*, dass ich lausche: =°Ich" *ha(*) ssSS(*)e* "Ich° *ha(*)sSsS(*)e* "°Ich"° *HA(*)SsSs(*)E* dieses Genie uswusf ...! (*)-(*)=„Das merke ich mir", das ist der Lehrer gewesen, den ich zum Alkoholiker gemacht habe, müssen sie wissen; da war er noch kein extremer Alkoholiker gewesen uswusf ...!) Eine Aufgabe stand an der Tafel, Professor Einstein kam hinein, in die zweite Klasse. Er wollte uns das physikalische Wunder weißmachen. *Und das Wunder der Natur zeigen.* Malte schlampig seine Relativitätstheorie an die Tafel. Seine Handschrift ist eine Abstoßende gewesen. *So* sah seine Schlamperei aus:

... uswusf ...!
Völlig Verun*stal*tet ...
Ein Komposthaufen, müssen sie sich vorstellen! Völlig Verun*stal*tet ...
... uswusf ...!

Man konnte kaum was lesen! Und wenn man sagt, >kaum<, dann konnte man >*gar nichts*< lesen. Kann man eine Sache in der Mathematik (+Physik) nicht lesen, kann man >*nichts*< lesen uswusf ...! Ich schüttelte den Kopf. Ganz doll schüttelte ich ihn! Jeder nichts sehende Kopf *sollte* gezwungenermaßen mein verbisches Kopfschütteln sehn! Rasch ging ich zu Professor Einstein hin und machte ihm einen Fehler an der Tafel weiß! Ein Fehler! usw. Ein Fehler! usf. Ein nach*lässiger* Fehler, sagte ich ihm, auf einmal besonnen, dafür mehr in die Tiefe der Physikalität vertieft. Ich hab ihn bloßgestellt, vor der Klasse voller kleiner rosabäckiger Kinder bloßgestellt. Korrigiere, sagte ich ihm. *Mach!* Mach, – sonst! Ohne einen Einstein zu erschlagenden Stein erheben gebraucht zu haben, drohte ich mit reiflicher Kinderbrutalität Einsteinspsyche. Ich weiß, dass er mich prügeln wollte. Aber so einen Fehler konnte ich Professor Einstein nicht durchgehen lassen. Das durfte ich nicht. Professor Einstein hat nicht sofort kapiert, was ich ihm kreideweiß machen wollte. Er schaute nur auf die Tafel. In ihm ging nichts vor, das konnte ich erkennen. Wir wissen ja, dass Professor Einstein ein langsamer Denker sei, a-b-c, eh d. Ich nahm ein wenig Rücksicht. Länger schaute er auf die Tafel und sagte dann, o, ein Versehen. (Seine Betonung war eine leere Betonung, müssen sie wissen uswusf ... Das war Absicht, sagte er. (Absicht? – Schweiß im Gesicht? Dann schaute ich nochmal auf die Tafel, sagte, da: – ein Fehler! Ein Versehen (?) ... sicher nicht! Einstein schaute mich darauf an. Mit seinem physikalischen mit magrer Zunge herausgestrecktem Kopf. Seine Augen waren so schwarz wie die Augen *meines* Megalodons. Die Relativitätstheorie, hqe, habe ich mit zwei Jahren – sie müssen sich vorstellen: in angesteckten vollgeschissnen, vollgepissten, und ständig notgeilen vollgewichsten, nur selten wechselden Windeln – in meiner Wiege, mit Babysabber auf Papier lechzend, als Tinte gebrauchend, gekritzelt. Und dafür sollte ich mich schämen, mit Kopf nach unten. Allerdings *weiß* ich nicht, dass dies einer meiner besten Leistungen gewesen ist, mit zwei uswusf ... Mein Opa schaute einmal drauf, war überfordert, schmiss Weltbewegendes in den Mülleimer, so schnell ist die richtiggestellte Relativitätstheorie flöten gegangen. Aber ich weinte deswegen nicht, sondern lachte. Was ich noch alles für eisbärliche Wunder darauf gekritzelt habe, hat sicherlich mein Opa ebenso verschlampt oder verschmießen, im Kamin verbrannt, verascht, *vernichtet*, für den nicht lesen könnenden Hundearsch missbraucht vertort. Auch dann solcher nachlässiger Dummheiten seniler Geister habe ich nicht geweint, sondern lachte immer besessener. Ich wusste ja, dass alles Arbeit der Menschen Schno*dd*erkram sei. Natürlich ist die Relativitätstheorie heute richtig. Mehr oder weniger uswusf ... Professor Einstein *kann* sich glücklich schätzen, dass ich gerade in diesem Raum gesessen habe und seinen Fehler korrigieren, denn sonst wäre Einstein heute nicht dass, was er strubbliger Haaren sei. Und was ist Professor Einstein: ein Physikgenie oder ein Ehebrechergenie?, sicherlich wäre er auch ein guter Zoologiegenie oder Briefträgergenie geworden ... Realitätstheoretiker?" Blick dahin. „Besuchen könnte ich ihn mal und hallo sagen, werde ich aber sicherlich nicht machen ... Wissen sie, man darf niemals zu schlecht, aber auch niemals zu gut in der Gesellschaft erscheinen. Gesellschaft heißt immer, *aus* der Grenzsituation hinaus zu sein. Auch der schlechteste lebt in Grenzsituationen. Und vielleicht noch *in viel höheren* bezüglich gefährlicheren Grenzsituationen, als die zu Guten. Achjaachja! Meine Lippen bluten Hunger Lippen. Lippenstift, glauben sie? Ja, einen natürlichen, nicht künstlichen Lippenstift gebrauche ich. Blutige Lippen hören sie die ganze Zeit, in ihrem sie eingesperrten Stuhl von mir hören. Mozart und Beethoven bluten mit ihren Fingerstiften Fingerstifte, und ich blute hungrig mit meinem Lippenstift Augenleserstifte. Lange habe ich meine blutigen Lippen nicht mehr gebraucht. Meine Ohrenstifte bluteten eine lange Zeit durch ihre Worte, *durch ihre Verzweiflung* uswusf ... Wie lange sie wegen ihnen bluten mussten, wage ich nicht zu sagen. Viel zu lange auf jeden Fall! Aber dafür *räche* ich mich ja jetzt. Und extrem werde ich mich „an Ihnen" *rächen*. Sie haben *einen Extremisten* als Psychiater! *Mein* Megalodon wartet schon auf ihr Fleisch! Extra habe ich *meinem* Megalodon heute Morgen – ich hatte Zimtmüsli zum Frühstück! – kein Futter gegeben. Zerfetzen wird es sie! Zerreißen! Meinen Patienten zerreißen!*.*" Mein Patient zitterte. Konnte aber keine Töne von sich geben, da ja sein Mund vollgestopft ist, mit ersticktem billigem

Papier, dass ihn gänzlich zur Schweigsamkeit verdammen soll. „Aber jetzt nicht. Aber jetzt nicht. Es ist noch nicht so weit. Es wird erst dann so weit sein, wenn ich sage: jetzt! Eine Fallklappe ist unter dem Stuhl, worauf sie, was tun sie?: sitzen? *Ängsten?* Sicherlich haben sie es in den gänzlichen Jahren gar nicht gewusst, dass immer unter ihnen eine Fallklappe und schon seit gänzlichen Jahren, *mein* Megalodon auf ihren Körper *ungeschützt* wartet. Wenig Fleisch, wie ich sehe, haben sie gar nicht. Da hängt ganz schön viel dran. Und eine Wampe, wie ich sehe. Das wird *mein* Megalodon sicherlich mögen. Sehr *exotisch* mögen. Jetzt sind sie wirklich, in einer Grenzsituation eingeschlossen! In einer wirklich sehr tiefen archimedischen Grenzsituation, die sie nicht mächtig genug seien herauszukommen! Ganz schön tief in der Patsche sitzen sie nun! Trölölö! Es kommt im Leben immer alles anders als man denkt, nicht?"

Was spuckt die Apparatur, aha!: ... uswusf ...

<u>*Na!, dann eben noch eine Chance! Ein Glückstag für sie!*</u>

Wusstest du eigentlich, sagte Penelopi, dass unser Chef einen *Eis*bären in seinem Schrank aufbehält? Achilles nickte verneinend. Und?, sagte Penelopy. Und was, sagte Achilles. Willst du nicht wissen, woher ich das weiß. Nein, sagte Achilles. Ich schnüffel nicht in Privatsphären ... uswusf ...!

„Geisteskrank ist nur der, der die Geisteskrankheit lebt. Ich schauspielere sie. Und ja, ich habe Spaß damit, die Geisteskrankheit zu spielen, weil manchmal glaube ich dann wirklich, dass ich geisteskrank bin. Und das ist das tolle! Das man wirklich glaubt, man ist selber geisteskrank und gleichzeitig weiß man auch noch, man ist gar nicht geisteskrank, obwohl man doch geisteskrank ist, verstehen Sie? Ich wechsle auch regelmäßig zwischen der Geisteskrankheit und dem Wahnsinn hin und her. Aber noch mehr wert ist mir die Manie: das schönste Gefühl aller Gefühle des menschlichen Tuns. Welcher Zustand mir gerade angenehmer sei frage ich mich oft. Und dann sage ich, wo ist denn eigentlich der Unterschied? Wieder sehe und erkenne ich einen Fehler der Sprache. Dann setze ich mich hin und denke, im Sitzen denke ich schlecht, also stehe ich auf und renne und renne uswusf ... Beim Rennen habe ich Zettel und Bleistift und schreibe rennend, mit rennender Schrift, die rennenden Gedanken auf das Blatt Papier und sage mir denn: *eine neue Sprache!* Diese Sprache hat mir zu viele Fehler! Mein Gedächtnis ist mir zu genau, die Sprache zu ungenau. Wörter spreche ich am Tag und sage manchmal zehn Wörter, die dieselben oder ähnlichen Bedeutungen tragen. Eine nervige Sache ist dies! Ich sage: Ameise, dann sage ich schwarzer Käfer. Ist denn nicht ein anders aussehender schwarzer Käfer nicht ebenso eine Ameise? Diese Einordnungen, diese ständigen Einordnungen, dies erregt durchlässig den Kopf! Den intellektuell studierenden Kopf! Kennen sie das Gemälde, wo der untere Rumpfbereich des Menschen gezeigt und geschildert, wo Dutzende abgebildet, und jeder einen andern Kopf besitzt, Gestalten von Tieren und sagischen Wesen ...? uswusf ... Ein Fragezeichen hängt in meinem Kopf, das untere Karo ist eine Vene in den Sog des Chaos: Sehen sie, genauer, *sehen sie doch genauer*, ah, sie können nicht, sehen sie: mein Kopf schwebt extrem zertrümmert! Ihre Vorstellungskraft ist nun eine jetzt/ gewordene/Insensivation, Kriminalisation, absolute/neue/

Dimension, verstehen sie. Wissen sie eigentlich, dass ich jeden Tag ein neurotisch vernichtendes Getränk trinke *aus Leidenschaft?* Meine Gehirnzellen gebären schneller als ich sie vernichte. Eigentlich toll, aber anstrengend, fürchterlich anstrengend!" Plötzlich wurde Mozart beim Spielen etwas träger. „Mozart, ein bisschen mehr Tempo! Beethoven, *los*: mehr Bass!" Beethoven hörte aber nicht mit seiner Schwerhörigkeit. Dann holte der Psychiater eine Trompete und trompetete ins Beethovens schwerhöriges Ohr. Beethoven zuckte! Darauf holte der Psychiater ein Mikrofon und schrie:

„*Mehr Bass!*" Beethoven hob die Hand und zeigte den Daumen nach oben.

„Weiter gehts!"

... uswusf ...

Was spuckt die Apparatur, aha!: ... uswusf ...

<u>Wie viele Chancen soll ich ihnen denn noch geben!</u>

Du, Penelo, sagte Achilles. Penelopia schaute ihn nur an. Achilles schreckte wieder in sich zusammen. (Sein Auflehnungskräftespeicher ist leer.) Er arbeitete verdrießlich weiter ... uswusf ...

„Diese Antiquität hier, mein kleiner grüner Trecker, den habe ich von einem Bauernhof ersteigert. Wie viel ich ausgegeben habe? Mehr als zehn Millionen Scheine! Zehn Millionen Scheine habe ich auf diesen kleinen grünen Trecker geboten! Eigentlich ist dieser Trecker gar nichts Besonderes. Den gibt es in jedem Treckerladen zu erhalten. Aber ich bin süchtig danach, *auf nutzlose Dinge* hoch zu steigern. Für das „originale" Monalisagemälde würde ich noch nicht einmal einen Schein drauf geben.

Ebenfalls erscheint mir dieses Porträt als viel zu hässlich. Aber für einen kleinen grünen Treckerchen – „es ist ein kleiner grüner Treckerchen" – zehn Millionen Scheine! Ein ebenfalls so ähnlich wie ich hoch Gleichgesinnter, vielleicht ebenfalls schauspielernd Geisteskranker, befand sich in diesem Aktionssaal und bot für diesen kleinen grünen Treckerchen – „es ist ein kleiner grüner Treckerchen" – manisch mit. Immer wenn *ich* geboten habe, schaute *er* mich an, bot *er*, schaute *ich* ihn an. Nervös hetzende Blicke stießen wir uns immer zu, um unsere optionierten Vorhaben auszurechnen und um unsere beiderlei Geisteskrankheit, mehr und mehr und immer mehr und mehr und immer weiters mehr, zu entfalten bezüglich auszuleben, auszukochen, die Schwächen des Menschen damit zu desintegrieren, unsere Schwächen voll und ganz anzunehmen, und ohne uns zu genieren, vor allen nicht Geisteskranken, vor allen Geisteskranken, die mit ihrer Geisteskrankheit nichts anfangen können, auf einen kleinen grünen Treckerchen – „es ist ein kleiner grüner Treckerchen" –, zehn Millionen Scheine, zu bieten, damit Geldwert zu vernichten, nichtsgeltlich zu machen. Als dem ich *das kleine grüne* Treckerchen, Hals über Kopf, verdient habe, stand er, kurz vorm hinfälligen Kollaps, mithilfe zweier andrer Männer auf Schulter stützend, auf, und schmiss mir sein tablettenstillnervenwirkendes durchgelecktes Erdbeerwaffeleis, – wo er die ganze Zeit beim Hochbieten; dabei, des die ganze Zeit des Schildchens hebend: *Ich biete weiter!* – ängstlich nervös, am Spitzen unteren Winkel des Waffelhörnchens, spitzfingrig seiner Oberspitzen seiner Finger, die die aufpassende Besinnlichkeit in ihm wachrütteln, um sich absolut *nicht voll und ganz*, wie ich es an jenem Tag absolut unterhaltend getan habe, der Geisteskrankheit zu verlieren, wie ein Regenschirm kraft mehrerer Finger tornadosierend rasch nach links und rechts gedreht hat; *was durch meine* manische Mitbietersucht dessen jene seine Nervosität dessen traumatischen Menschens, sensiblen Mannes; was Anzeichen von Unterdrückungen etlicher Vergangenheitserlebnissen dessen sein nervöser Verlauf verursacht, als Virus verursachter Grund gewirkt hat, sauisch geschleckt hat – ins Gesicht, worauf er rasch danach, von seiner Frau, sein Asthmaspray gesprüht bekam und kurz darauf, mit einer Trage, zu einem griechischen Restaurant, gefahren wurde, und ich selber Eigens noch hören konnte: *danach zum Franzosen, ja?!* War der sauer auf mich! Aber das war nicht weiters schlimm. Ich wusch es gleichgültig handballend ab, verzeihte ihm seine Unsittlichkeit, Ekelhaftigkeit und ging zu meinem grünen kleinen Trecker und belächelte sie/ihn/es (als würde es ein Wesen sein.) (Sie müssen wissen, als Kind habe ich Geschlechter niemals auseinanderhalten können, später lernte ich Dinge zu unterscheiden: Ich/Du – alles dasselbe.) Damit fuhr ich hier zurück zur Praxis. 5 Kmh bringt dieser Trecker zustande. Gar keine so schlechte Leistung, langsamer als ich gehen kann. Das größte Problem war nur, *wie* diesen Trecker in mein Arbeitszimmer *hinein*schaffen. Meinen Sekretär, Archimedes ...!" (Achilles) „....! und meine Sekretärin, Penelopiadix „nervte" ich herunter. Ich schrie von unten, mit dem Trecker hupend: He, ihr da oben, kommt, ihr müsst schleppen! Sie hörten erst nicht! Jedenfalls taten sie so, das sie nichts hörten. Ich hupte wieder, immer und immer wieder hupte ich, zehn Minuten, zwanzig Minuten, dreißig Minuten, vierzig Minuten, bis sie es nicht mehr ausgehalten haben, rissen sie irgendwann ihre Köpfe aus dem Fenster und schrien mich an: Was ist?! Schleppt!, sagte ich dann, immer noch hupend. Sie kamen dann also runter und schleppten, diesen kleinen grünen Treckerchen, die Treppe hinauf. Mithelfen tat ich nicht. Mehr vorder ging ich und dirigierte. Mehr links, sagte ich. Mehr rechts. Ein bisschen mehr da hin. Vielleicht ein bisschen mehr doch weiter links. Penelopus und Archimedes haben sich danach, mehrere Wochen krankgeschrieben, ihre Hüften und Rücken, müssen sie wissen. Indessen Zeit habe ich auch blaugemacht und meine Praxis zu*gesperrt* und fuhr mit meinem Trecker durch die Praxis, oder belächelte dieses nur für mich existierende Prachtwunder beim Nachmittagssnack liebkosend an. Patienten klingelten, ich machte die Tür nicht auf. (Hehe: wenn jemand meine Tür anfasst kriegt jener einen mickrigen 20 Volt Elektrostoß. Ich darf das. Hab das mit dem wanzigen Bürgermeister abgemacht. Er fand die meine von ihm unterzeichnete Idee – belustigend.) Habe kein Schild an die Eingangstür herangeklebt, dass ich ein *paar* Wochen blau mache. Und, fragen sie nicht innerlich, wer ist so verrückt und macht in seiner – TutTuT – eignen Arbeitsumgebung blau? Dieser Trecker bewirkte in mir wieder menschliche Gefühle! Menschen haben mir niemals menschliche Gefühle geben können, aber dieser kleine grüne Treckerraser, ja. Menschen geben mir immer unmenschliches. Warum sagt man nicht gleich, da kommt ein Unmensch, warum sagt man denn heut noch: Da kommt ein Mensch. Ein Unmensch kommt uns gleich besuchen, müsse man sagen.

Ein sensibles Tier kommt uns gleich besuchen, gebt Acht!

Das Tier besitzt die penibelste Sensibilität, besitzt die empfindlichste Psyche die man sich, des goldnen menschlichen Vermögens gebrauchend, nur vorstellen kann. Besitzer, das Herrchen, der Auspeitscher, Wutauslasser, Züchtiger, ständiger Leiner *braucht* ein Opfertier. Der Kopfsprung vom Zehnmeterbrett in eine Spitze landend, und als Delikate, alles Suchenden, zu enden, ist selten wegig als Ausgepeitschtes zu unterbinden. Solch Gespießtes schmeckt den meisten nicht, *bitter*, sagen sie oft, *zu bitter* ...

Aber lieber müssten mehrere solcher kleiner grünen Trecker (Gespießte/wahnsinnige Kopfspringer) herantuckern, und alles wird nur mehr schön menschlicher und freundlicher werden, nicht?"

Was spuckt die Apparatur, aha!: ... uswusf ...!
<u>*Strengen sie sich doch mal gottverdammt an!*</u>

Penelopi trägt eine große auffallende Brille. Sie geniert sich nicht. Achilles trägt Kontaktlinsen. Er schämt sich ...

„*Mein* Megalodon! *Woher* >habe< ich das glaubhaft Verschollene her? Diese Urbestie! Dieses Monstrum aus der tiefsten Tiefe dieses Erdreichs! Es ist das noch einzige lebendige Exemplar, was existiert! Und es ist noch monströser als die aus der Vergangenheit lebenden, ständig einen neuen Leib sehnig zerreißenden! Über zwanzig Meter bemisst *mein* Megalodon! Es ist *meins! Meins!* Eine Besitzsucht rekelt-„e" in meinen Venen. Diesen kranken Puder habe ich mir aber nun vor Jahren, wegen andern ich nicht die Finger lassen könnenden Schönheiten, wegen dessen Tentakel; wo ich samt meiner allzeit jahrelang haltenden Beziehung in wellende Katastrophentsunamiströumungsverbitterungen hineingeschludert bin, reinlichst abgepudert ... da ich mir, koste es was es wolle, die Grenzenlosigkeit, – den Grenzenlosigkeitsquatsch, – Menschen in unbemerkt seelische Zerwürfnisungleichnis tragende ... aufgeben wollte. Ich sagte ja, ich biete nur auf Kleinlichkeiten viel, aber dies war eine Ausnahme!„Ich wollte", als krankhafter Exzess, in dessen bestimmten Zeit, *meinen* noch nicht von der Welt glaubhaft verschwundenen Megalodon, – wie soll ich sagen-wie soll ich sagen ...? Schon immer „wollte" ich eine extremitäre-Monstrosität, – wie soll ich sagen-wie soll ich sagen ...? Jedoch, dass muss ich wohl doch erwähnen, habe ich *meinen* Megalodon nicht bei einer Aktion erstiegen. Zufällig ist dies passiert. Schicksalhaft. Wann und *wo* war das romantisiert? Ahja! Auf der Titanic! Man sage, ein Eisberg habe die Titanic zum Sinken gebracht. Auf einer Art stimmt das auch. Aber es ist trotzdem ganz anders geschehen. Ich war live dabei. Ich bin der Einzige gewesen, der das gesehen hat, was ich gesehen habe. Eine Sahnetorte aß ich gerade. Am Rand dessen mich nicht berauschenden Schiffes, die Armlehne auf einer Metallstange hängend, die Luft meine Haare kältend, beobachtete ich *Wahrnehmungen*. Dunkel und neblig war die Luft. Meine innerliche Luft war jedoch warm. Da schaute ich aufs Meer, wo nichts zu sehen, und schaute einmal nach unten – und (?) – sah ... Eine Zahl: 3? 7? oder eine Pi-Zahl? Was? Eine schwarze sich rasch bewegende dunkle Fleischform bewegte sich urischuzonisch. Eine Urbestie habe ich gedacht, was ich gesehen habe. Ich dachte, ich träume. Wie berauscht, wie auch angetan war ich von dessen Erblickung. Diese Urbestie hielt ihren Kopf aus dem Wasser und dessen alles Nashornanstürmende zermalmende Kiefer weitete sich bis zu viereinhalb Meter und biss kraft metallischer Wucht in den plastischen Hinterteil der Titanic. Meine Sahnetorte ließ ich aus Verblüfftheit in das Atlantikwasser herunterfallen. Die Sahnetorte klatschte dann fallend auf den gerade zubeißenden Megalodon. Den Rest kann man sich selber fantasieren. Die größere Frage ist jetzt nur, wie ich nun *meinen* Megalodon bekommen habe. Nicht sofort schwamm dieser, nun *meine* Megalodon, fort. Es umkreiste die Titanic. Aber niemand sah es, alle sahen nur den Eisberg, nicht *meinen* Megalodon. Sie müssen fantasieren: Die Sahnetorte schwamm auf dem Kopf des Megalodons mit. Die Masse dachte: Ein Eisberg! – *Versteht!* – Einmal sprang es hoch hinauf, bis zu mir hinauf! Dann sagte ich: *Aus!*

Wie zu einem Micky Mausplutohund.

---------------- Lediglicher-=(-)Attackierungsbissversuch. *Aus!* Danach verschwand es wieder *urzeitlich* in die Tiefe. Verschwand! Stunden später kam *mein* Megalodon wieder aus der Tiefe, bis zu mir hinaufspringend! Aber diesmal musste ich kein Aus ausrufen. Brav schwamm *mein* Megalodon hinter meinem Rettungsboot hinterher. Naja. Aber wie mit dem grünen Trecker, ist es nicht leicht gewesen diese Urbestie in ein großes Wasserbecken hineinzutrichtern. Also rief ich an einem Hafen Penelopy und Archimedes an. Ich sagte, ganz schnell müssen sie sich vorstellen: kommtkommtkommtkommtkommtkommtkommtuswusf …! Sie kamen natürlich auf meinen Ruf. Ich bezahle sie gut und feuere sie rasch, wenn sie nicht *auf mein Wort* hören. Dieser Gedanke befriedigt mich. Sie glauben nicht, dass Gedanken schwängern könn? Wo dann die beiden antanzten, sagte ich zu ihnen, schaut dort hinein!

(Mein Vater sagte immer Riemenstift, seine vulgären Eigenschaften liebte ich über alles, ich hob mich aber immer von ihm ab, meiner Natur, ab, *liebte meine Eigenschaften schon immer mehr!* – und sagte immer Phallusstift.) Sie schauten also dort hinein, wo ich mit meinem Fingerstift ... *war es mit dem Fingerstift?* Ah Nein! Mit dem Phallusstift, weil ich gerade musste, müssen sie verstehen, war es gewesen ... hinzeigte ... uswusf ...! **Was das?! – <u>Es funkelt rosa ...</u>**, erstaunten beide, refizuLerschreckend. Eine Urbestie!, sagte ich. *Der*-Eisberg! Ah!, sagten beide. Holt es raus!, *befahl* ich. Holt es raus! Ich gebe euch eine Stunde, sonst seid ihr gefeuert, und grinste dabei wie ein Arschloch in ihr Gesicht. Rasch verschwanden sie und überlegten und überlegten uswusf ...! Was sie bloß überlegten, fragte ich mich, dann fragte ich mich, *können denn eigentlich Sekretäre denken*, was denken sie: über Popcorn? Von weiten hörte ich Archimedes aufschreien, wo Penelope laut sagte: eine blöde Idee!, und gab mit der Penfaust Archimedes eine Rübe: Blöd!Blöd!Blöd!Blöd!uswusf ...!, schrie Penelopi eine längere Zeit. Jetzt weiß ich, warum unser Chef dich immer Archimedes nennt, schrie sie: nur Kreise im Kopf, nichts andres! Nur Räder im Kreiskop! Penelopiade handelte und holte einen Kran. Sie schmiss den kurz vor der Pension ankommenden, noch eine Weltreise mit einem Katamaran motivierenden Bauarbeiter aus dem Kran, der gerade versuchte ein Auto aus dem Wasser zu heben; wo noch Zungeeinsteinraushängende-Selbstmörder inne saßen und längst ersoffen, was schon außer Reichweite des Wassers hinfortgekrant, und darauf, wo Penelopi „die Kontrolle" über den Kran übernommen, ist das Auto vom Halter losgegangen und eine Menschengruppe, zentimeterweit, „fast" zerquetscht worden. Dies beobachtete ich. Ich erkannte: kein Preis ist ihr zu wenig ... Der Bauarbeiter fiel mehrere Meter tief und brach sich sämtliche Knochen; er soll heutzutage gänzlich gelähmt sein. Penelope bekam ihre Handlung gar nicht mit, durch durch durch!, dachte sie, krass angsthabener roher Energiesität. Sie wollte ihren Job bei mir *als sklavische* Angestellte behalten. Mit dem Kran wurde dann *mein* Megalodon auf einer seichten pariser Decke gelegt. Seid vorsichtig!, sagte ich zu allen Menschen, die dieses Prachtpfund beurkundeten. Seid vorsichtig! Denn: – dies ist *meins!* Alle hörten. Heimlich stupste ich aber ein paar Kinder zu dessen Maul *meines* Megalodons hin, worauf es rasch zuschnappte und auffraß. Manchmal hörte man auch von Weiten: Wo ist mein Kind! Nur ich wusste es, grinsend. Naja. Penelopi kutschierte uns dann zurück, zu *meiner* Praxis. Innerlich freute ich mich auch schon auf meinen kleinen grünen Treckerchen. Archimedes rief mit seinem Handy irgendwelche Leute an, um denen aufzutragen, dass sie ein riesengroßes Aquarium schon *mit warmen* Wasser vollfüllen sollen. Und ich? Ich streichelte *meinen* Megalodon genüsslich auf der seichten pariser Decke stehend, deren mich mit dreiundzwanzig Zentimeter kerbig-spitzen dreieckigen anschauenden Zähne weißer. Die Zähne haben mich fasziniert. Ich stellte mir vor, wie ein Millionenalter durch sämtliche Evolutionen überlebender, haiischwellultraischer Gehirn mich hungernder Zauberlochnessiezahn, in meinem Kopf aufspießend, aussehen würde. Sicherlich schick! (Synchron dachte ich an meine Erzählung: Auferstanden von den Toten, gelungen, gleichzeitig eine gleichgültig verschlampte

Schrift. Eine Zeit des Springens-*oder*-Tuens. Was spitze Gegenstände für doch so außerordentlich poetische Gedanken hoch erheben können, *ist unglaublich!*) Dies erregte mich geistlich zu neuen Inspirationskräften. Bürsten tue ich diese alles seelische verdammten Seelen fressende Zähne, – im Aquarium mit einem Taucheranzug, – jeden Tag mit einer Extrabürste. Ich pflege diese Zähne besser als die meinigen Schwarzen. Alles pflege ich an dessen barbyge-Rosaheit besser. Und damit meine ich, *alles*. Diese schwarze gummiartige Haut, worauf man sogleich drauf rutschen könne, peitscht wie ein Spiegel Gesichter. So kann eine Liebe auf der Titanic entstehen, *so durchtrieben*. Und täglich beweist es die Liebe zu mir: Es frisst! Es frisst sie, *meinen* Patienten!"

Was spuckt die Apparatur, aha!: ... uswusf ...!
<u>Okay, jetzt ist es aber wirklich das Letztemal!</u>

Penelopy liest in der Freizeit Extremkrimis. Achilles liest gerne in Freizeit seichte Comics ...

„Manchmal gehe ich in der Arbeitszeit längere Spaziergänge. Auf Wegen wo nur Menschen gehen, die nach einer Hilfskrücke suchen. Und da ging letztes Mal einer vor mir, trödelnd. Ein Sonntagsspaziergänger. Sofort sah ich: ein Zerstörter! Nach und nach holte ich diesen da immer mehr ein. Ich spürte, dass er spürte, dass ich *immer näher* an ihn herankomme. Stellen sie sich die Musikdirigation des Films, der weiße Hai vor: nur mehr panischer klingend. Dies ließ ihn schneller gehen. Dadurch, dass ich gemerkt habe, dass er, *durch mich*, schneller geht, bin auch ich immer schneller gegangen. Mein Gang wurde also auch immer schneller; die Musik: schnellerschnellerschnellerschnelleruswusf ...! Und dadurch, weil ich ja vorher auch schon schneller gegangen bin als er, bin ich, als dem er mehr Tempo an sich genommen, natürlich auch schneller als er gegangen, weil ich auch mehr Tempo an mich genommen habe uswusf ...! Eine kürzere Zeit verstrich, die Musik verstummte aus meinem Gehirn. Auf einmal blieb er denn stehen und schaute mich mit seinem Gesicht, seinen zerstörten Kopf, nicht zerstörtem Gesicht, an wie ein Mörder schaute er mich an, als hätte er gewusst, was für ein Schatz die Ermittler damals auf dem Rasen Löcher besessen grabend gesucht haben. Was wollen sie von mir, fragte er mich. Ich sagte: Ich bin Psychiater, sie brauchen Hilfe. Ganz dringend, verstehen Sie! Dann nickte dieser und umarmte mich. Auf diese verzweifelte Tat war ich vorbereitet gewesen. Ganz doll drückend! Ja!, schrie er. Ich brauche Hilfe! Viel Hilfe! Ich bin so verzweifelt! Die ganze Zeit tränte und rotzte er in meine Jacke, aber das war mir in jener Zeit egal. Denn, mir war langweilig, und ich habe etwas (megalodonisches) vorgehabt, mit diesem Paranoiden. Kurz dachte ich, in jenem Moment, der Unterhaltungssuche, an Herrn Müller, dem Weihnachtsmann uswusf ...! Ich lud ihn in mein Büro, sogenannten Behandlungsraum ein. Was er die ganze Zeit gesprochen hat, fragen sie? Dies und das. Es war mir egal. Jaja, soso, aha ... uswusf ...! uswusf ...! Irgendwas, Aufheiterndes, überhaupt nicht. Ein Vanilleeis aß ich dabei, in der Kugel steckte ein leckerer Keks. Als ich es aufgegessen habe, fragte ich mich, *noch eine Portion?* Dabei fragte er mich, nicht wahr? Darauf nickte ich (jaja, soso ... uswusf ...! lalau ... uswusf! ...) und ging zur Eistruhe und holte mir eine zweite Portion. Als ich zur Eistruhe gegangen bin, immer: jaja, soso, aha, jojo und jojote mit meinem Jojoaffekt, verstehen sie tricksend!...? Und dachte, als dem ich meine zweite Portion Eis auf meinen Nierentisch schön genüsslich herdeckte, mehr über mein Hineinessen des Süßen nach als von dessen Person dessen die ganze Zeit zu mir gerichtetes, ständig langweilig Geredetem. Immer wieder fragte er, nicht wahr? Und am Schluss fragte er mich: Und was sagen sie? – ›Auf diesen Satz habe ich gewartet!‹ *Exzentrisch!*‹ – Dann ließ ich die Fallklappe aufliegen! Den Schrei von ihm wollte ich genießen, und das Knacken der seinen auseinanderbrechenden Knochen wenn jener von *meinem* Megalodon *zerkaut* wird. *Mein* Megalodon genoss das Süße sicherlich genauso wie ich die ganze Zeit, mein Süßes genoss. Danach habe ich mir noch eine Portion Eis geholt. Langnese Eis. Es war Langnese Eis! Herrlich!"... uswusf ...!

Was spuckt die Apparatur, aha!: ... uswusf ...!
<u>Nein, jetzt, genau jetzt meine ich das letzte Mal. Jetzt!</u>

Achilles fragte seine Mitarbeiterin, Penelope, wo sein Kugelschreiber sei, er suche ihn schon seit über fünf Minuten. Bis Achilles erkannte, dass *Sie* (von seinem Arbeitstisch stehlend) ihn die ganze Zeit, mit strenger Gesichtsverzerrung, verwendet. Er holte einen neuen. Deswegen musste er aufstehen, aus dem Büro hinaus, in einen Flur hinein, die Treppe runter, einen neuen Flur lang, zwanzig Meter geradeaus, eine Kreuzung rein, wieder Meter weiter, eine Tür links aufschließen, dreimal links rumdrehen, reingehen, einen Schrank – mit dem kleinen Finger (und immer nur mit dem kleinen Finger!) – öffnen, wieder mit einem Schlüssel öffnen, mit einem Schlüsselanhänger, wo zweihundert Schlösser befestigt sind, wo Achilles ebenfalls wieder mehrere Minuten brauchte, diesen zu finden, und öffnete den Schrank, holte einen neuen in Folie verpackten Kugelschreiber heraus, schloss (mit dem kleinen Finger!) den Schrank, ging aus dem Zimmer, *schloss* die Tür, dreimal, mit dem Schlüssel, *nach* rechts drehend, ging ein paar Meter, die Kreuzung benutzend, die zwanzig Meter rasch gehend, ein wenig schwitzend, die Treppe nach oben watend, den Flur etwas ruhiger gehend, den gebildeten Schweiß an der Haut mit dem Handballen hektisch abwischend, mehr innehaltend, und öffnete die Tür, wo auch seine Mitarbeiterin, mit immer noch mit dem von seinem Arbeitstisch gestohlenem Kugelschreiber schreibend und gleicher Gesichtsverzerrung, stehlend ihren Mitarbeiter vertreibt. Archimedes saß sich auf seinen Arbeitsplatz, öffnete die Folie, wo sein Kugelschreiber eingepackt, drückte oben auf den sogenannten Minenknopf und schrieb, zitternd, trojanisch-weiterkämpfend – im Grenzzustand auf Trojas feurigen Randmauern *balancierend*.

„In meinem Schrank habe ich einen Eisbären eingesperrt, natürlich in Ketten! Hören sie ihn grummeln?
Aus Alaska! -/!/-
Dank meines Eisbären und seines schamanischen Kältegesanges im Schrank einsam brüllend, fällt mir noch eine Sache ein, die auf Professor Einstein zurückschaut: – Knifflig habe ich mit CSI Agenten, in einem Van und Hightech Geräten, herausbekommen, dass Professor Einstein, Mitbesuchs meines damaligen Lehrers, bei den anonymen Alkoholikern gewesen sei, *durch mich oder seiner Frau?*, weiß keiner, – was natürlich keine Absicht, meines vor vielen Jahren eintreffendem Geschehen,

gewesen sei, wegen seines verheerenden, ihn vielleicht noch gegenwärtigen, zu Depressionen zu veranlassenden, Flüchtigkeitsfehlers, sondern stets mehr eine Hilfe, was das Schlimmste für ein Genie sei: krückende, des Öfteren schleifenbinderische, die Arme in den Jackenärmel beugende Hilfe, zu bekommen. Nur schwer kam er wieder dort, aus dunklen Seelenschmerzen andrer, im Kreis, Hände an die Stirn fassenden Archimedesverzweiflern, samt Jägermeister in Toiletten vorzufindenden Umgebung, heraus, nur mit Strom innerlicher Penelopyakraft schaffte Professor Einstein es wieder, bis in die Lebenden, *aber* statt Alkohol, berauschte er sich tränklichknallig nur mehr wieder mit physikalischen Formelgetränken *seinen* Schädel voll und endete, wie wir sehen in einem andern anonymisierten Kreis, wie vorher die das Gleiche sinnloste tun und wie es bei jedem Menschen, *so* dessen abgehandelter Ablauf, lediglich der verflucht menschliche Fall, den man zu genießen lernen kann, ist. Woher dies niemand in der Gesellschaft weiß?, – *bleibt ein Geheimnis.*"

Was spuckt die Apparatur, aha!: ... uswusf ...!

Bravo! Ein Meister des Nichtzuhörenkönnens. Ein guter Psychiater würden sie beruflich nicht abgeben.

Gleich werde ich mich gegen Sie auflehnen!, dachte Achilles. Er schaute ganz kurz in Penelopes Richtung. Nein, doch nicht, dachte er.

„Haha! Ja, das haben sie sicherlich nicht erwartet, dass ich einen Eisbären hier in meiner Praxis verstaut habe! Einen lebendigen gutgenährten viele Robben *gierenden* Eisbären, der auch gerne robbige-Patienten verspeist! In adamantische-Ketten ist mein Eisbär gelegt! Eine zweitrangige Liebe. Eine zweitrangige Liebe. Genauso wie sie immer ein zweitrangiger Patient für mich gewesen sind. Die erstrangigen kommen zu *meinem* Megalodon. Die zweitrangigen, zu meinem Eisbären. Und die drittrangingen? Haha! Ja, die lasse ich laufen, ohne dass sie wissen, dass ich sie laufen lasse!" ... uswusf ...!

„*Was spuckt die Apparatur, aha!:* „... uswusf ...!

>*Sie werden besser ... aber auch nicht sehr viel ...*<

Seine, Achilles, Naschsucht nimmt immer weiter und weiter Besitz über ihn. Er greift wieder zu einen Keks. Dann zu einem Schokoladenbonbon. Wieder zum Keks. Zum Schokoladenbonbon. Dann wieder zum Keks. Uswusf ...!

„Letztes Mal ging ich mit Archimedes und Penelopiade zu einer Feier. Penelope war wie jedes Mal sturzbesoffen. *Voll*gefüllt und *Voll*gepöbelt und die Leber *voll*rangig am Höchststand laufen lassend, randalierte Penelopy penelopalvoll, gegen alles mehrpaktiertes, behütungsfrontaliertes SS Geschwader, aus dieser Feier, Maschinengewehre ankotzend, heraus. Archimedes, wie immer, heulte sich bei irgendwelchen Säcken aus, wie er jeden Tag von Penelopia niedergehalten wird uswusf ...!, so kennen wir ihn, als ein verkrümmter Kreisdreher. Und ich? Ich stand da so herum und schaute und genoss meinen innerlichen Ekel gegen alles was mich ebenfalls zu anschauen getraute. Einen großen Namen trage ich. Keine großen Namen trage ich, verstehen sie, einen großen uswusf ...! 200 Doktorentitel! Wer schafft das schon?! Alle gaben sie mir ihre schwitzigen Hände, ich die ihnen die meine. Meine engelhafte-innerliche Seele passt nicht zu mein flüglich-äußeres, sage ich mir ständig. Allerdings, was tat ich dort? ›*Ich hasse*‹ doch dunstige Menschenmengen, *und wie ich sie hasse*. Es ging um Dekorationen. Zimmerdekorationen. Meine Zimmer aus meiner Praxis habe ich fotografieren lassen und dort, wo die Feier stattgefunden, hingeschickt. *Es war eine Preisverleihung.* Den ersten Preis habe ich an jenem Abend bekommen. Wo ist das Geld, sagte ich. Wo ist das Geld?! Auf der Bühne, am Mikrofon, sagte ich die ganze Zeit: <u>Wo</u> *ist mein Geld?!* Ich drohte den Preis, in die Menge zu schmeißen! Die Ungeduld zeigte ich *absichtlich*. Den Preis habe ich sogleich, als dem ich die Bühne verlassen, in eine Tonne geschmissen. Sofort konnte ich hören, dass der Preis zersprungen ist, *so ein billiges* Material geben sie den Finalisten, dachte ich. Alles Geizkragen. Deshalb bin ich halt hingegangen, um von Geizkragen Geld zu kriegen, dachte ich höhnisch. Mit Penelope, wo ich das Finale ja schon gesagt" (Penelopende = komplette Nachtende uswusf …!) „habe ich danach, als dem ich den Check von irgendwem aus seinen Händen wegreißend angenommen habe, Wetttrinken veranstaltet. Mann (!), war Penelope wieder pöbelig drauf, auf dieser mich siegerischen Schmausnacht! Herumgelacht und herumgetorkelt und dummgeredet wie kleine dumme Hühner, haben wir unpausiert. Archimedes habe ich Gewalt angedroht und verprügelt. Ich war so voll an dem Abend, ich wusste noch nicht einmal, ob dies ein Mitarbeiter von mir war! Im Krankenhaus besuchte ihn niemand. Mir war es egal. Noch nicht mal Rosen waren bei ihm, nur mehr vertrocknete, grüne Pflanzen, von irgendwelchen, mit Pflastern auf Patientenfleisch klebende Krankenschwestern, hat er gesagt, befanden sich in seiner Wundnähe, als dem er mit an ihm fädelnd auf dem Boden dahingeleierten Verbänden in meine Praxis hineinkrüppelte. Penelopia hat mich unter den Tisch getrunken und auch andre. Gegen die kommt man nicht an. Und immer, wenn einer, irgendwelche unbekannte Person, umkippte und weggeschleppt werden musste, haben wir gelacht und gefeiert und gefreut und durch die Nacht gereiert! Eine tolle Nacht!"

„*Was spuckt die Apparatur, aha!:* „... uswusf ...!
<u>Das wird ihnen einen Schock bereiten!</u>

Penelope stand auf, von ihrem Extrastuhl auf, der der Chef wegen ihren Rückenschmerzen extra anfertigen haben lassen und schaute Achilles an, Achilles ganz klein an, an: *wie ein Nichts* ... Mit ihrer großen Brille, ihren opferchen Mitarbeiter, wie Dreck – an ... und das in einem uswusfRhytmus ...!

Plötzlich (es schreibt sich ja das Jahr 1945): – Fliegerbomber flogen über Berlin und bombardierten die Häuser zu Schrott. Menschen hetzten, stolperten über ihre eigenen Füße, und schauten mehr in die Luft als denn auf den Weg, der vor ihnen liegt.

„Sensible Gedanken sind dem Deutschen oft viel zu fremdartig, wein nicht! Ein Motto der Deutschen. Ein Deutscher weint nicht! Obwohl doch die Deutschen, die sensibelsten Geschöpfe, auf diesem Erdball, sind. Desto zerstörerischer der Mensch, desto sensibler kann dieser Mensch nur sein. So ist es und nicht anders. Die Erziehung hat Herrn Hitler zerstört, zu Brutalitätsgedanken veranlasst. Wäre der Vater Herrn Hitlers Vater gewesen, Herr Hitler hätte, durch und durch, auch wenn man es nicht glauben mag, schönes,

nichtiger Micky Maus----------------Attackierung
in dieser bezüglich durch diese Welt bunkieren können,
aber dadurch, *wegen der nicht vorankommenden Erziehung,
in dieser stumpfen Gehirnnelfabrikationswelt*, wegen der
Uneinsichtigkeit der Menschheit, wegen den täglichen
Schlägen, seiner Mitmenschen, *muss* er sie jetzt zerstören.
Schon wenn man nur das Wort Hitler, in dieser heutigen
Zeit, erwähnt, kriegen die Menschen Kopfrausen, „dabei
kindisieren und schänden sie sich selbst." Ich habe es beobachtet, eine folgerichtige Untersuchung: der Mensch,
der Herr Hitler nicht versteht und keinen Gefühlsschmerz,
für einen solchen, alles im Leben nicht funktionieren-
den, dadurch Störungen auftreffenden Menschen auf-
bauen kann, *ist unmenschlicher als Hitler*. Anders kann
es nicht sein. In den letzten Tagen, war ich einmal in
seinem Bunker gewesen, habe seine Überempfindlich-
keit kennengelernt. Seinen ihn zehrenden Ausraster. Er
brauche den besten Psychiater, sagte seine Sekretärin zu
mir. Den Besten! Den Extremsten! Da sind sie genau bei
der richtigen Nummer, sagte ich ihr. Als ich von einer
Sekretärin, am Empfang, penelopianisch aufgenommen
wurde, was die Penelope sei, die ich vor ein paar Monaten, in die Welt pleitend rausgeschmissen habe und mir
des Öfteren gesagt hat: sie wollen ihr Gehirn!, – sagte
ich sofort nur das Wort, Bunker. Er ist völlig ausgeflippt.
Mein Kampf musste ich von ihm werfend durch die Luft
schleudernd ausweichen. Töten wollte er mich damit!
Ich verzieh ihm. Dann verzieh er mir. Er sagte mir, er
habe noch niemals einem Menschen verziehen *können*.
„*Sie* sind der beste Psychiater, den ich je kennengelernt
habe", sagte er mir, im bestimmten ihn berühmtkenn-

zeichnenden Tonakzent. Ja, sagte ich, nur: – *ja*. Deshalb bin ich ja auch hier, sagte ich, *weil ich der beste, extremste bin*. Er fühlte sich geehrt, von mir bereinigt zu werden. Werden sie extrem!, schrie Hitler. Darauf sagte ich, Suppe. Wieder ausgeflippt. Zu extrem!, schrie er. Milder, sagte er darauf, *milder* ... uswusf ...! Dann sagte ich, Schäferhund. Er wurde ruhiger, *besinnlicher*. Ich sagte ihm, dass ich eine Schäferhundezucht besäße, was natürlich nicht stimmt, – *dies beruhigte, ja beruhigt ihn*. Aha, dachte ich. Falsche Harfenspieler operieren hier. Er wollte mich Goebbels ersetzen. Ich schlug ab. Dann habe er einen neuen Ausraster, mit noch mehr verbitterter Tonakzentität, manisiert. Warum!, schrie er, *ich brauche sie!* Solch eine von ihnen angewendete Kunst, Herr Hitler, sagte ich, kann ich nicht annehmen; eine Zeigung in die Realität hinaus des eignen Seelenzustands. Einen andern verführenden Weg, des philosop(h)ischen Untötens, ersuche ich, der absoluten zufriedenen, nur mehr unleidenden Reinigung der menschlichen Seele. Indessen seinem Zustand konnte Herr Hitler, den Inhalt meiner Worte, nicht folgen. Bezüglich erlitt Herr Hitler darauf, einen neuen, noch krasseren Ausraster. Ra*sch* musste er sich gezwungenermaßen von mir zerrend zurückziehen und vom Arzt, eine Vitaminspritze sich Notfalls ergeben lassen. Vor *S*pritzen habe er hölli*sch*e Angst, schrie er; was ich noch hinter einer Panzertür hören konnte, als Schall:„*T* ... *S*pr ... *e*". Von SS Soldaten wurde ich streng zurück, zu meiner Praxis, beschafft worden. Die Welt hat den Krieg angefangen, zugesagt, ekstastisch jalich *z*ugeschottet, dachte ich, bei der Rückfahrt, im Rücksitz brav anschnallend, aus dem Fenster gaffend, *Hitlers Er-*

bärmlichkeit, sündes Schicksal verteidigend, dabei Eisbären, aus Herrn Müllers Nordpolwohngegend, auf Kamelen manchmal neben dem Auto vorbeihetzen wundern, um die Schönheit der Natur nicht zu vergessen, und bezüglich dabei parallel denkend, zu meinem grünen Treckerchen hingeträumt. Die Menschheitsmasse hat sich selbst, ins Chaos und Katastrophe geschrien, maschinisiert. Die Welt haben Hitler und diesen absoluten Krieg haben *wollen*, dachte ich, provozieren *wollen*. Wegen den, die alles belassen, stur und unredlich verschimmeln haben lassen wollen, entsteht Aufständiges, dachte ich. Ich schäme mich keinesfalls meines Ursprungs, Gedankenaussprechungen, Wahrheiten der Gegenwart uswusf ...! Diese Schuldschieberei und sagen, nur wer böse Dinge tut, ist böse, kann ich nicht mehr ertragen. Der Hass der Menschen, auf einzelne Böstumaterie, ist nicht akzeptabel. Dass die Ärmsten immer als die Bösesten abgestempelt werden, ist wie Kleidungsmode. Und wenn ich dies sagen würde, in einer Zeitung, haha, Vorurteile, Vorurteile, ohne Ende Vorurteile würden aus unreifen, ohja, nur aus unreifen Köpfen wischen. Sie würden glauben, ich wäre solch eine ähnliche Natur, aber da haben sie sich *geschnitten*. Ich lerne nur aus diesen Naturen, *aus zerstörten* Seelen uswusf ...! Und erkenne: aha! Ein Erziehungsfehler! Ein deutlicher – nicht abstreitbarer – Erziehungsfehler!"

"Was spuckt die Apparatur, aha!: „.... uswusf ...!

<u>›Abgeschweift bei einem wichtigen Thema. Apparaturen kennen dort keine Gnade!‹</u>

Am liebsten trifft sich Penelopiy am Wochenende mit ihren locker Zweihundertkilo Bankdrückenden gerne durch

Kickboxclubs mafiosinierenden Freunden an einem runden Tisch und spielt russisches Roulette: – *Alles oder nichts!*

Achilles. Ja, Achilles sitzt am Wochenende gern ohne Freunde auf einem weich tiefliegenden ungepflegten Sofa und schaut wissenschaftliche Fernsehdokumentationen mit „selbstgemachten" kreisrunden Chips knuspernd.

Penelope sagt, den gestohlenen achillischen Kugelschreiber auf die Kante des Tisches anlehnend: – „Weißt du, wer dieses Wochenende draufgehen wird", weißt du es Achill´: Es wird Stevie sein, Stevie, hörst du, Stevie, Stevie wird bei der zweiten Runde ... uswusf!

„Vorausgeahnt habe ich dieses Schicksal *visionärisch*, über diese Stadt! Aber nicht über diese Praxis. Sie wird *nach* dieser Bombardierung stehen bleiben. Standhaftigkeit habe ich diesem Haus ein*gebaut*. Eingebaut habe ich es! Wie sie aus der von außen her betrachteten Weise die ganzen Jahre sehen konnten, besteht ja diese Praxis lediglich nur mehr aus Stahl. Meine Ängstlichkeit zahlt sich nun krönisch aus. Diese Stahllegierung hat mich Millionen gekostet. Millionen und noch mehr Millionen! Ich wollte ein sicheres Haus haben, was mir niemand so schnell wegbomben kann. Eine *stahlische* Praxis einer sich vorstellbaren *metallischen*-Unvernichtung. Bis tief in die Erde hinein habe ich die Stahllegierung hineinbuddeln *lassen*. Spüren sie? Die Erektion kommt aber schnell bei ihnen! Das Haus zittert kein wenig. Bei einer Atombombe würde es Schrammen und etliche Erbebungen erleiden, aber mehr nicht. Hör: neben uns ist das Haus eingestürzt. War der Erbauer geizig oder arm? Wir wissen es jetzt nicht mehr. Wahnsinnig bin ich nicht, nur vorausplanend. Ich sehe es jetzt schon, dass dieses

Haus, diese Diamantenpraxis, als letztes Menschheitsnaturkunstprodukt, noch erstehen wird. Eigentlich eine interessante Beobachtung, wenn man aus diesem Panzerglasfenster schaut, und man weiß, dass dort draußen einem nichts anhaben kann. Das dort doch alles-draußen-hetzende, unnatürlich Hetzende, alles nur mehr Zerbrechliches ist, unzerbrechlich. Das alles nur mehr Unüberlegtes sei, vergessen als Überlegen Ansetzendes; Ansätzendes. Alles Schaffende und Erschaffende, nichts wert sei, weil die Kreation, bei allen nicht, *erwacht*. Wie oft ich versucht habe, was in Menschen zu erwecken. Zu erwecken, verstehen sie. Ich wollte denen nichts aufzwingen. Niemals etwas aufzwingen, einfach nur erwachen lassen. Ihre Natur erwachen lassen. Die Menschen können mich erschießen, oder sich von mir heilen lassen, dass kann mir eigentlich *ganzgleichsein*. Sollen sie ein Genie vernichten, oder leben lassen, eigentlich ganzgleich. Sollen sie *mich einsperren* oder *freilassen*, es ist dasselbe. Frei kann ich nur *im* Kopf sein. Einen ständig freien Geist, wo findet man den noch? Ein Geist im Machen, und Stopp?) ... Man könne wirklich in eine Akademie gehen, zum Beispiel, für einen Akadamieaufenthalt, einer nur sich selber erwachen zu möglich könnender Philosophiewahnsinnskur. Nur blöd, da*ss* dort da*ss* Kantköpfchen gelesen ... und hochstreng ... an ihm, festbeißend, frikadellig-gegrillt wird. Von ihm soll *der freie Geist* erweckt werden. Aber wie soll man einen freien Kopf, einen Kopf, ein Kopf, ich meine Kopf haben, wenn man mit einem Kantköpfchen herumgeistert und einfach selber nicht *zu einer* eigenen gegrillten Frikadelle kommt? Kant würde mir pantoffelig zustimmen. It's Right! Mit einem tollen Akzent, würde es er mir hier, in meiner diamantralischen Praxis, hergaukeln: $:

It's eXtReMiTäR Right! Man entwickelt ein „erweckendes Denken" von einem andern. Man entwickelt vielleicht ein moralisch korrektes Denken" (Leben) „, aber es weicht von sich selber, allem Extremen, ab. Man verleugnet sich. Man geht nach einem Prinzip *anderer Genekulation*. Das herrscht nicht in meinem System, was nur System genannt wird, – ich kann auch sagen: **Sqluar**. Mein System (**Sqluar**) ist kein Prinzip einzelner Milliarden Menschen anderer Artgenekelanten, von eines einzelnen Geistes, alles entscheidenden hinauskommenden Geisteserfindungsprinzips. Prinzipielle Dinge, ist keine Natürlichkeit. Mein **Sqluar** (System) wird eine aus dem freien Geist entstehende menschliche Natürlichkeit: Ergebnis Befremdlichkeit. Wissen sie, was das heißt, *menschliche* Natürlichkeit? Ein **Sqluar** (**System**) >wo jeder< zu sich (seiner eignen perfidischen Perversionsgymnastik) kommt >*Jeder Pisseauscheißer!*< Und zu sich, heißt, immer behutsam sein. -/!/- Mich selber, meinen freien Geist, behüten. Doch, dann fragen sich vielleicht etliche, was habe ich denn dann für Vorteile, wenn sie einen freien Geist besitzen? *Auslebung!* Wenn ich dieses Wort einem Menschen sage, gucken sie mich immer nur an. Mehr nicht. Die gucken nur, verstehen nichts, nichts, denken, denkt hinabiges. Ausleben, voll und ganz, sich ausleben können, können, am Schluss können, was wäre das, hmm?! Sich ausleben, ohne Hindernisse?! Ich glaube, dass, das, und nicht das ist für das Denken der meisten Menschen zu hoch, oder: *Zu* tiefhoch. Oft sage ich Menschenbeispiele, leicht simple Beispiele, sie kapieren es einfach nicht allein schon weil sie kapieren. Ich gehöre einfach nicht zu diesen dazu. Absondern! Absondern! Sonder dich *mein ich mich* von Menschen aus, sage ich mir andauernd absonderisch. Aber ich liebe es einfach, Menschen, meine Patienten von *meinem* Schatz zerreißen zu lassen! Wie sie in Stücke gerissen werden! Wie die Gedärme in meinem Aquarium als Dekoration von Leuten betrachtet werden! Einmal kam ein Bürger hier in diese Praxis, und das nur wegen diesen Gedärmen, müssen sie wissen, und nicht wegen von meinem Extremismus geheilt zu werden. Ich hörte von ihm zu mir sprechend: eine schöne Ansehung. Sie haben einen perversen Sinn für Dekoration. Er sagte es episch, als wäre jener epische Gegenden gewöhnt gewesen. Ja, sagte ich. Nur ja, sagte ich. Das reichte. Ein *ur*monströses Talent beschwichtigt mich, sagte ich ihm. Hmm? ... uswusf! Die Fliegerbomber düsen jetzt schon ab. Naja, steht ja auch nur noch wenig herum. Abendbrotzeit sicherlich. Was hat Penelopi heute Abend vor? Ein Schinkenbrot? Ein Quarkbrot? Ein von einem, mit einer Kochhaube und Kochschürze heimlich abends in die von Mehl und Eierschalen bedeckte Küche Kant sich vorstellenden zwanzig Jahre lang eigens in seiner mit Kochbüchern – darunter quetschend irgendwo sein Hauptwerk vorzufindendes – aufeinanderhauenden vor einer Rostbratpfanne auf streng apriorischer Steigerung beziehend hin newtonisch konzentrierend extrem viel experementiertes frei Geistphilosophisches fleißig mit öckischemKantSchweiß erarbeitetes Frikadellenrezept? Hmm ... uswusf! Die Relativitätstheorie war mir leichter gefallen. Lassen wir uns überraschen! ..."

Was spuckt die Apparatur, aha!: ... uswusf ...!

<u>*War ihnen die Außenumgebung zu laut? Ich werde darauf Rücksicht nehmen!*</u>

Provozierend machte Penelopy Musik an. Abba. Lauter und immer lauter. Die Fingerkuppen ständig am Radiorad, nach Lust und Laune, die vom etwas beschädigtem Radio unsauber hervorklängenden Lautstärke, varriierend. Sie will ihren Mitarbeiter loswerden. Gänzlich weghaben. Einen bessren Mitarbeiter will sie haben. Einen sie *für ihre Gesprächszwecke* würdigen. Fußball, Nasenbeinbruch, Kornvöllerei, Ordinitätshochtourenabläufe uswusf ...! Achilles versuchte, sich zu wehren. Aber er findet keine Waffe (Parallellichtreflexion?). Prompt steht er auf, geht zum Radio, überlegt dieses Radio, aus dem Fenster zu schmeißen, und dann seiner Mitarbeiterin, als Waffenmittel, sagen: *Kein Dancing Queen mehr!* Aber dies tat Achilles nicht. Er ging zum Radio hin, schaute aus dem Fenster, schwelgte in seinen Komplexen und beobachtete wie die Raben den blauen Himmel immer weißer färben ...

„Von mir erwarte ich die größte Schlampigkeit. Von meinen beiden im Büro Arbeitenden jedoch die größte Mühe wie größte Aufopferung, wie größte Genauigkeit."
Was spuckt die Apparatur, aha!: ... uswusf ...!
<u>*Bei einem solchen Satz abschweifen. Das gehört lediglich bestraft!*</u>

Penelope liest gerade Zeitung. Achilles fragte sie, musst du denn nicht deine Arbeit „heute" fertigbekommen. Er fragte. (Für diesen Satz musste Achilles viel Kraft opfern.) Penelopi ignoriert Achilles. Sie liest weiter und lachte manchmal „auf" ... sarkastisch ... Aber Penelope ignorierte nicht, machte was. Ha! Ha! In ein Bottich gefallen und ersoffen ... uswusf ...!

„Ach."
Sich hörend.

„Wie eine Familie saßen Archimedes, Penelopia und ich schwistern am Tisch. Wir aßen, *fraßen*, tranken, lachten, extremisierten unsre in immer höhere Krähenhochflugs-Gemütserkrankungen die Schallmauern meiner Praxis durch Freudeerscheinungen luxuriösen, paukten + wegen Stimmungserheiterung + mit einem Streichholz + die Mondrakete + mit langerarbeitenden haftenden archimedischen Formeln + durchs gefrierend kalte aber buntfarben warme Universum + von uns von unten stehend her gesehen nach oben in die Weite + die Rakete brennend von uns topf*fräßig* auslösend + des meinem im büroarbeitenden Archimedes verwerfendverschusterte Verzweiflungsarbeit + zum Jupiter und immer weiter, unterdrückten stets unsere Sexualitätsmimik unserer nur flauschig fröhlichen, durch die frühlingshaften Lüfte torpedierenden Gesichter, erzählten uns mit penelopianoscher Rohheit Witze, die wir schon tausendmal erzählt, aber immer wieder darauf lachen konnten, in einem Gegacker der Extraklasse! Doch plötzlich musste Archimedes alles verhunzen. Wieder verhunzt du es, sagte Penelope zu Archimedes. Du Verhunzer, sagte sie darauf. Formelverhunzer! *Bei* Formelverhunzer, musste Penelopi, den Formelverhunzer, anrülpsen. Ich genoss ihre kreativpsychologischen Vernichtungsversuche, an (m) einem Vernichtungsversuchsexperiment, was vielleicht Nobelpreisverdächtig. Und sowas arbeitet mit mir, sagte sie, die ich immer versuche, die besten eigne Leistungen für unsern lieben*lieben* Chef zu leisten! (synchron: zu mir, ihrem Chef, mit dem rechten Auge zwinkernd, der ich rechts neben ihr saß/wo Penelopis Augen ziemlich groß bei dieser riesigen Brille zu mir hinschauten. Ihre versuchende Verführung abscheute, ekelte mich.). Mit einem

Verhunzer zusammen arbeiten!, schrie sie. Vergewaltigen wollte der mich, sagte Penelope zu mir. Ich schaute Archimedes an. Archimedes schwitzte. Er schämte sich seiner Hilflosigkeit, seiner Untergebenheit. Seiner Lage. Das *sich*-verbisches, *sich*-verbiales rechtfertigen habe er sich aufgegeben, dachte ich, in jenem Moment. Alle beide schauten wir auf Archimedes verschwitzte Achseln. Beide genossen wir das Schamgefühl eines toll unterhaltenden Opferchen. Wir lachten: Haha! – Ein Vergewaltiger der Extraklasse!, dies, schrie ich, lottoriemäßig, extremklassisch, absolut extravagant, auf. Darauf stießen wir an! Archimedes stieß am Extremitäts$H$eftigsten an! Mein *echte* Diamantenstücke ins goldene Getränk rieselnde, ich dessen alles aus einem Königsbrunnen saufende, aus *echtem*-gold-Diamant angefertigtes, die Augen dazu gezwungen hinschauendem Spornanschauglas, hat sofort einen Extremität**e**xtremen$H$eftigen Riss bekommen! Da hat der Archimedes wohl doch *den* Zirkelpunkt, das Erdreich in eine andre Kehrtwendung treibende Erdmöglichkeitsbewegung gefunden, wie?! Haha!

Penelopy trank mal wieder natürlich an diesem Abend am meisten, am ExtremitätsEnd**p**unkt**e**xtrem$H$eftig**st**en."

Was spuckt die Apparatur, aha!: ... uswusf ...!
<u>*Nicht amüsant genug?! Schocken werde ich sie!*</u>

(Penelopi stand auf, ging zum Tisch ihres Mitarbeiters und schleuderte alles was auf dem Ausbruch planenden Arbeitstisch sich befindet, hinunter auf den unstaubsierten Teppich.) *Darauf geht sie* wieder, zu ihrem eigenen Arbeitsplatz, und beobachtet, *wie* Achilles, für sich beherrschend, seine eignen Sachen aufhebt, danach arbeitet er weiter, darauf steht Penelopi'i wieder auf und macht es wieder und wieder ... uswusf ...! immer in ihrem Extrastuhl, Achilles, beim Aufsammeln seiner von ihr von seinem Arbeitsplatz heruntergeschmissenen Sachen beobachtend, – mit ihrer immer mehr Nobelpreisverdächtigen dickglasigen Brille, herablassend zu ihrem Opferchenmitarbeiter, Achilles, peinigend *herunter*schauend, – ein Blick, den sie auch des Öfteren schnibbelig operativ, am Wochenende, zu ihren Rouletteopferchen, monalisiert, *damit* erschafft sie's jedes Mal erneut, zur nächsten *Auf*wachwoche ... uswusf ...!

„Sie sind Extrem!, sagte letzte Mal ein Patient zu mir.
›*Nur die Extremen helfen!*‹, sagte ich ihm. Ich bin der bestbezahlteste Psychiater auf dieser Welt! Jeder Nutzfink will sich von mir heilen lassen; kraft meiner Extraextrembehandlung! *Jeder!* Die reichsten Menschen kommen zu mir, sagte ich ihm, und wollen mir ihre Koffer voller Geld golden. Wenn *Sie* geholfen werden wollen, dann sind *Sie* bei einem Extremisten genau in den richtigen Händen!"
Was spuckt die Apparatur, aha!: ... uswusf ...!
<u>*Lernen sie meinen Extremismus kennen!*</u>

Penelopia schlug mit einem Aktenordner auf Achilles Kopf ein. Ohne Grund. Ein Verband holte Achilles. Seine Wunde blutete stark.

„Die Menschen streben mehr nach Leid als nach Glück, weil das Sterben dann leichter fällt ... Wenn man mit allem unzufrieden ist uswusf ...! ... verstehen sie ... uswusf ...! Alles, was man hat, und, zu einen kommt, gar nicht haben will ... Das *Studium* in der höchstangesehensten Akademie, samt dort tätigen strengsten und ungnadesten Professoren, ist für mich zu viel gewesen. Wie viel ich für dieses mistige Studium geopfert habe. Dummaniziö nennen. Alles, was man dort aufserviert; bekommt, Abends, für diesen Schluder, pauken musste ... Jetzt gibt es keinen Weg mehr zurück. Einen Weg habe ich gewählt und muss nun diesen Weg weitergehen, als armer-milliardärer-Psychiater. Hmm?! >*Und wer*< tröstet mich?! Wenn der Mond leichter zu erreichen ist als eine Bauernhofexistenz zu führen, dann ist alles aus ... Mit meinen Doktorarbeiten habe ich mir viel-zu viel Mühe gemacht, eigentlich hätte ich für die meine Doktorarbeiten, die die Genitalität und Genialität am meisten Konzentration beansprucht, gar nicht mich so anstregend ... anstrengen brauchen. Aber ich wollte ja *nur mir* etwas beweisen, keinem Anderem! Aber weil ich ja so ein besessener und fleißiger junger Mann gewesen bin, *mehr* oder weniger, bin ich mit meinem Fleiß zugrunde gegangen. Weil ich etwas Besonderes erschaffen wollte, musste ich zugrunde gehen. Weil man etwas Besonderes sein wollte, wollte!, nicht will, nein, nicht will, da man sich selber nie als etwas Besonderes gesehen hat, –*„doch will"*, verstehn sie, *un-(?)-verwirrend*. Und, *jaj*a*ja-jaja/ja* – njein, und, und ja, und, und dann, *und!,* und dann!, ja – **_und dann was?!_**: als ich fertig war mit meinen Doktorarbeiten, habe ich mich dann als etwas besseres angesehen? Nein! Viel schlimmer! Danach habe ich mich noch-*kleiner* gesehen. Noch kleiner habe ich mich tackerstampfend gemacht! Als ich meine Doktortitel empfangen habe, habe ich ein solch tiefes Bedürfnis dabei verspürt, diese gerade bekommenen Doktortitel wegzuknüllen. Es waren Titel, kein Titel, müssen sie verstehen. Ich wollte diese Ehrenzettel zerknüllen. Diese achtundzwanzig Ehrenzettel *zerknüllen*. Nicht mehr haben wollte ich diese Titel. Wenn ich nur dran denke, >*wofür*< ich eigentlich diese Titel bekommen habe, *wofür* ich eigentlich diesen abartigen Verstopfungsbrei, wo ich fast Lullkrepierend Draufgegangen-bin (!), hingesiebt bekam! Und diese Arbeiten, die ich-gemacht, und denken sie nicht an ihren Zauber, auch nicht, nicht haben wollte ich sie mehr! Wegknüllen! Zerknüllen! Die ganze Arbeit, warum?! Werd Bauer, sagte ich mir! Einen Trecker holen, herumfahren, am Wochenende zu Dorffesten fahren, viel essen, dick werden, uswusf. und immer weiter ... Aber nein! Das *kann* ich nicht! Das darf ich nicht! -/!/- Weil ich zu etwas höherem, bis zum nicht erreichtem Stadium erschaffen wurde! Kaum a-u-s-z-u-h-a-l-ten ist diese Bestimmung! Man will nichts Besonderes sein! A u ß e r man sieht das Normale als besonders an! Man glaubt, nominal meinend, vielleicht, wenn man besonders ist, oder wird, dann wird man auch von den andern normalen (Besonderen) aufgenommen, empfangen! Man will von der Gesellschaft empfangen werden! Aber niemals habe ich das Gefühl gehabt, seit achtundfünfzig Jahren, das ich mal empfangen wurde! Empfangen wurde, *empfange*! Täglich muss ich irgendwelche zerstörten Köpfe empfangen, keine andere Wahrhabung existiert! Ja, bei Krankenhäusern, Knästen, Kindergärten, Gerichtssälen, hat man's, Ladenhäusern, Irrenanstalten, Kneipen, geilen latexierten sich auspeitschen lassenden Bordellen, und alles auslassende bildend da wird man überall empfangen! Aber so, von Leuten, niemals! *Ich gehe*, wenn ich aus der Arbeit heraustrete, auf die Straße. Niemand spricht mich mal an. Mein Geist bildet sie schon genug; mein Verstand eine Mauer. Keiner – und dies beabsichtige ich auch – sieht mich an, außer mit dem schüchternen Augenwinkel. Man geht auf der Straße und ist dauernd ein Verstoßener. Sehe ich, beobachte 100 % Aua. Eigentlich habe ich gar nichts gegen die Menschen. Eigentlich habe ich gar nichts gegen das Menschliche. Die Menschen leben aber in der Addition, Subtraktion. Ich lebe in der Multiplikation, Division. Was ist natürlicher, gerechter? Mir kommt es so vor, dass sie was *gegen mich* haben ... Ich Lüge mir was zurecht, gänzlich ... Es ist umgekehrt! ... Ich kann die Menschen nicht ab, *konnte sie noch nie ab*, besonders die, unterscheidend, über das nächste stapelnd, mich Mögenden, mögenden, versteht *sich*, habe ich am meisten leergetrieben, – dann umgekehrt! Die mich Mögenden haben sich ihr Leben lang an mir hochgezogen. Ihre Depressionen von mir verfröhlichen wolle*n*, entdepressionieren wollen, mich durch ihre Schwäche schwächen wolle*n* uswusf ...! So war das doch immer gewesen: Erst verschwinde ich, dann verschwinden die anderen! Weil ich diese Menschen dann nicht mehr ertrage, aushalten kann. Ein Menschen*hass*, ein tiefsitzender Menschen*hass*! Verstandene Hoffnung. Vielleicht bin ich deshalb Psychiater geworden, um von den Kranken zu lernen, nicht von den Gesunden! Jetzt, zwei Jahre später, umgekehrt. Zwei später: umgekehrt. Wie widerlich, wenn man dies mal verbildlicht! Menschen kommen in meine Praxis, reden, um mich zu heilen, nicht umgekehrt, und empfange zigtausende Scheine im Monat! Es ist der Wahn, Finanzierung Technik. Die Kranken kommen, *um mich* zu heilen!

›Nie‹ habe ich einen geheilt. Nie, in der Zeit. Sie kommen nur mehr um mich, den Verzweifelten, ihren sie eigentlich heilenden Psychiater, zu heilen! Skurril. Absolut skurril. Ich *meine*, diese Sache. Und nicht, *diese* Sache. Ich verurteile auch viel zu viel. Viel zu viele Vorurteile von mir. Einen schlechten und ungesunden Charakter habe ich mir *angeeignet*. Einen unbefremdeten Unbefremdlichen.

Wenn nichts mehr Sinn macht, auch keinen Sinn mehr entwickeln kann, uswusf ...! Er ist schlecht, meiner. Ich glaube, die Leute, die am meisten Liebe fühlen, können am wenigsten Liebe geben, und die Leute, die am meisten Liebe geben, spüren am wenigsten Liebe ... uswusf ...! Das ist aber kein tiefer Satz. Er ist oberflächlich, *nicht* zeitraubend. Dieser *Letzte*-Satz, ist um ungefähr zehnmal tiefer, steigere ich die Zehn um Zehn weiter, spreche ich nicht mehr und kann dichtmachen. Die Arbeit. Die Freizeit mehr.

Produktivität war mein Anlass. Ich machte also was. Aber ein Kopf hinderte mich. Kann männliche, weibliche Geistkrankheit sein. Dieser Kopf schaute die ganze Zeit aus dem Fenster und schaute mich an, schaute meine Produktivität an, es hinderte meine Produktivität ... uswusf ...! Alkoholexzesse in der späteren Jugendlichkeit. Komafallungen uswusf ...! Das Mitmachen dummer Gleichgesinnten. Entstehung: Zertrümmerungen innerlicher Gehirnfelder. Die ungehinderte Unkontrollierung des Einnehmens. Destillation Geist, einengend Verstand; Vernunft einsetzend, lernen, Speicher. Fünf Systeme in der Zeit, aber dann *nur denn*. Speicher als System mit einbezogen. Speicher ist Sein. Die *absolute* Verzweiflung das *absolute* Unkontrollierte zulässt ... uswusf! ...

... uswusf ...!"
Was spuckt die Apparatur, aha!: ... uswusf ...!
Schock!

Penelopy isst. Schmatzt. Achilles will sich konzentrieren. Sein Chef braucht unbedingt die Unterlagen, sonst ist er gefeuert, *Sie* weiß das, dachte er ...

„*Meinem* Megalodon entkommt niemandem!

Der Verdauungsprozess des *meinen* Megalodons ist so scharf, die Inspekteure bei der Polizei können gar nicht auseinanderhalten, ob der Kot einmal Mensch oder ein Stück Eisen gewesen sei!

Unstreichlig soll ich für alle sein! Eine Manie, eine ständige jahrelange Erregung, ein immer in Extremzuständen bringende *unstreichliche Manie*, versteht man nicht, kann man nicht verstehen, auch man selber nicht. Mein Leben, als abstrakter von allen meinen sogenannten Gleichgesinnten anderen hunderttausend existierenden Psychiatern, habe ich seit Jahren endlich *akzeptiert*. Endlich das Abwendende, alles kehrtwendend akzeptiert. Meine Extremität akzeptiert. Meine Abgestoßung. Meine Widerwärtigkeit. Meine Borniertheit. Meine- alles den andern in den Arsch -treten, akzeptiert. Meine befremdliche Manie, akzeptiert. Aber die Menschen akzeptieren es nicht. In meinem Wahn ertrage ich, halte ich es aus. Meine Schnauze ist größer als eine tölende Schnauze einer Bulldogge. Und die Bulldogge würde beim tölenden bellen gegen mich verlieren. Jaulend mit der Nase am Bein seines Herrchens treten. Das Löwenmaul gegen mich verlieren, verstehen sie uswusf. Der Welt habe ich es gezeigt! Mit meiner Extremität gezeigt! Wenn ich will, kann ich mit ihr aufräumen, gänzlich, ohne mich groß anstrengen zu brauchen. Das Weiße Haus leerräumen. Neues hereinwehen lassen uswusf ...! Aber nur wenn ich Lust habe, versteht sich, verstehen sie. Der Selbstmord ist nicht aufzuhalten für mich. *Mein* Megalodon wird mein Totensarg werden. Das schönste ist, dass ich vom schönsten verdaut werde. Von einem Wesen was nur ein Exemplar existiert ist die größte Ehre für mich die ich mir vorstellen kann verdaut zu werden. Kein Sarg, kein Grabstein, keine Trompeten,

Grabbesucher, Grabredner, nichts! In der Nacht stellte ich es mir immer und immer wieder vor, wie das aussehen mag, wenn irgendwelche Menschen an mein Grab treten und auf meinem Grab herumtrampeln, und auf Bänken hocken, und auf das Selbstmördergesicht starren, was ich einmal gewesen bin. Wenn nichtsnutzige Menschen mein Selbstmördergesicht anstarren. Dann liege ich schon unter der Erde und da steht einer und redet dass, was ich so sogenannt gewesen bin, was die Menschen unter meiner Haut und in mir, als Kernwesensopfer, gesehen haben. Davon wird mir schlecht, übel. Ich zerfresse in meinem Hass! Gemeinheit – Genervtheit Allem – Enttäuschungszerfleischung uswusf ...! Einfach nur kotzelend wird mir bei dieser Vorstellung! Die Vorstellung von *meinem* Megalodon, von diesen meterlangen Zähnen, aufgefressen zu werden, erregt mich bis überall in meinem Körper hin! Wie mein Blut sich durch die Venen des *meinen* Megalodons hindurchfließt und sich samig vereint und als neues Wesen entstehen werde, *als*asteroider Chaos!"

Was spuckt die Apparatur, aha!: ... uswusf ...!

<u>*Was mir aufgefallen ist?!* Meine Apparatur informiert mir, dass sie nur mehr meiner Perversion Aufmerksamkeit geschenkt haben!</u>

Archimedes und Penelopiade löschten den Patienten mit einem Feuerlöscher *besinnlich*. Danach ging der Patient, den seinen Psychiater hypnotisch die Hände schüttelnd, seelenruhig ins Freie. Bis heute soll der plastische Patient, der nun kein plastischer Patient mehr sei, sondern ein Mensch, ein heilend glücklich Zufriedner sein. Als ein Verkäufer, – zurzeit bezüglich einer auf einem Reiseschiff kennenlernenden, von einem Eisberg untergegangenem, schicksalshaft gefundenen Megalodonsverheiratung in einem Haus friedend, – mit bezüglich Namensschild: Hugo, in einem Einkaufsmarkt einstellend; alle Käufer anlächelnd, möchte er so normalitativ und so natürlich seine Existenz aufrechterhalten. Lediglich, immer herzlichst und regelmäßig ständig nett, Kunden betreuend.

– <u>Na!</u> – *sagte sich der Psychiater* auf seinem grünen Treckerchen durch seine Praxis rauchig tuckernd; niemals an dessen den Spaß verlierend. Seinen Megalodon im Aquarium gerade seinen Patienten Glieder auseinanderzerreißend durchs Becken staunen, aber bezüglich tief eines Gedankens hintergraben, sagte er sich: – habe ich von tausend Patienten doch mal einem helfen können. – Was mache ich mit den andern nur falsch ... Was mache ich mit den andern nur falsch. *Was nur* ... uswusf ...!

Sätze richtend des Patienten: ...
 „Damals war ich so erregt gewesen, da bekam ich in einer Sekunde, hundert Ideen! Durch diese extremisierten Durchrauschungsmomente wollte ich in jeder Sekunde, auch immer nur mit einem Wort, meine hundert Ideen, aussprechen und nicht in einem Satz, da ja ein Satz immer länger dauert als eine Sekunde, deswegen immer mit einem Wort, *alle meine Ideen* „und Gedanken" die ich >in einer Sekunde< denke hinaussprechen!
 Die Sprache missfällt meiner Schöpfung uswusf ...!"

Achilles glaubt an den Weihnachtsmann und deshalb, weil Achilles an den Weihnachtsmann kräftig glaubt, habe Achilles auch vor einigen Jahren, persönlich, vom

Weihnachtsmann ein Geschenk unter seinem vollgeschmückten Weihnachtsbaum, samuraisch ehrend, hingelegt bekommen. Penelope glaubt nicht an den Weihnachtsmann. Schon als Kind habe sie allen Kindern versucht blau zu machen, dass es ihn nicht gibt, – dass alles humbukrische Illusion sei, und Illusion nicht mit Wirklichkeit, im Penelopiadegehirn, machbar zu verknüpfen möglich sei. Penelopi hat noch niemals in ihrem Pöbelleben Geschenkpapier aufgebunden, außer eingepackte Geschenkflaschen zur Feier, die sie herzallerliebst rasch aufgerrissen ...

„Verstehen sie das Beschränkte eines Menschen!?

„Wann weiß man, „welchen öden und trocknen Verstand man gerade vor sich hat?" Zum Beispiel sage ich einen Satz, zu einem Verstand, und dieser Verstand nimmt, diesen meinen ausgesprochenen Verstandssatz auf, weiß ich nie, „hat er ihn denn auch aufgenommen?" Ich sage: Masturbation. Versteht der das, frag ich mich immer. Versteht der das?"

Penelopia fragte sich, was Achilles denkt, *denkt er* vielleicht, dass ich gleich wieder vorhabe, ihn zu schlagen? Malst du wieder Kreise, fragte Penelope Achilles. Achilles fiel gerade prompt darauf ein, indes wo er Kreise gedanklich jojoend kreiste, was er vor mehreren Jahren, *vom* Weihnachtsmann, geschenkt bekommen hat. – Im Brief des Weihnachtsmanns stand: >*Sie schaffen das! Machen Sie die Legende wieder lebendig!*<

„Dies dachte Achilles" wird Achilles tun. Schluss! Kein Archimedes, keine Kreise mehr! Achilles stand auf, lehnte sich, gegen Penelopsstiefel, kontert, achillischen Flippersandalen, trojanisch, auf ...

„Was denkt er? Einer meiner größten Tätigkeiten, die mich mein Leben lang schon begleiten: dass überlegen eines Denkens eines Andersmasturbierenden. Ich sage: Masturbation. Dann denke ich: Erdenkt: Masturbation, verstehen sie?! Ich masturbiere Vokale, Bewegungen, Vorgänge. Ein Wort: was gleich Millionen Tätigkeiten mathematisiert, verstehen sie!? Ich sage: Ich bewege, gehe (masturbiere/mathematisiere), mich zum Sessel hin, verstehen sie das Lächerlich Entwickelte?! Denkt der das, was ich denke, *auch*, wenn ich sage: Masturbation, dann müsse er *auch* uswusf ...! denken, ich masturbiere (bewege) mathematisiere (gehe) zum Sessel hin, uswusf. ! verstehen Sie?! Sie müssen verstehen! Ihren Psychiater verstehen!

(A) Sie
(I) lassen (F) Sie
(B) müssen (H) behandeln (E) Extremfanatiker

(G) sich
(D) von-*welchem* (C) wissen

!

Mit einem episch (episch) goldnen Schwert operierend, womit der wirkliche damalige Achilles Troja erobert; so sagte es jedenfalls der Weihnachtsmann, was Herr Müller ihm vor mehreren Jahren, fürs achillische Weihnachtsfest, geschenkt hat, wobei noch ein kleiner Steckbrief dranklebte, bezüglich *über* („nicht unter") Penelopes aufgeschlitzter Kehle siegreich oben aufstehend, beobachtete er herablassend verächtlich, das abbabierende Blut aus ihren Ohren strömen, sagt sich nun der Mitarbeiter, der nun sich getraute zu sagen: jetzt ist genug!:

›*Jetzt heiße ich wirklich Achilles*‹, – der nun von ihrem männlichen Kopf, deren große Brille sich aufsetzte und nach dessen Tat überlegte, weiter ins nächste Zimmer, mit einem rasch zeitungsselbstgebastelten trojanischen Pferd, vorzurücken ... uswusf ...!

Es klopfte an der Tür des Psychiaters. Sicherlich Penelopys von mir erwünschte Arbeit!, dachte er. Der Psychiater machte die Tür auf und sah, dass es nicht Penelopy sei, wie erwartet, sondern ein rasch zeitungsselbstgebasteltes tojanisches Pferd und einer, am Zeitungskopf (wo zu lesen: dass ein Mensch mysteriöserweise vom Erdball verschwunden ist) daranbaumelnden Schnur (was ein ›zeichendes‹ „rächendes" *Verband*) zum reinziehen durchs hunderttausend Soldaten erwartende Troja unbezwingbares Tor. *Ein Geschenk!*, dachte er. Er zog das Geschenk, in seinen sogenannten Behandlungsraum und sagte sich, das sein Hochmut, sein Grab sein wird: tzzt! – in der zweiten Klasse solle Professor Einstein, in seine Klasse formeliert sein, Professor Einstein ist doch jünger als ich, dachte der Psychiater, im *Ich*redeakt, wie soll das Unmögliche möglich sein ...

Eine Neue Zeit beginnt!
(... ein Tag vorher: – Das ist ja gar nicht auszuhalten! Jetzt müssen sie *Mich* mal anhören!)

Der Psychiater begrüßte in seiner Praxis, einen neuen Patienten: *Hier gehts rein ...*

Der Patient betritt den Behandlungsraum, seines Psychiaters. Er setzt sich auf einen Stuhl, der heute Ganzwoanderssteht. Rasch fängt er an, zu erzählen:

BLABLABLABLABLABLABLABLABLA!, denkt der Psychiater.

„Warum die Grausamkeit mancher Mütter an ihr eignes Kind? Den Schlaggürtel immer auf Hochtouren laufend, als unbewusster Racheakt? Mütter drillen dadurch ihr Kind. Diese Mütter wollen, dass sich ihr Kind auflehnt, gegen die Vergangenheit der Mutter auflehnt. Diese Mütter wollen, dass ihre Kinder besser werden als diese Männer, die dessen jene Mütter im Leben kennengelernt haben. Wenn die Worte fallen, *bitte sei nicht so grausam, och, bitte bitte,* schlagen diese Mütter immer geradezu, um es dadurch, so denken diese Mütter unbewusst, gesund zu machen, gesund zu schlagen, gesund allen jeglichen Lagen, zu tourieren. Diese Mütter hoffen dadurch, sich selber noch Engeln zu können, ihre Vergangenheit, durch ihre Wut*auslassung*, bereinigen zu können, ohne das jener mächtig genug, diesen Akt zu unterbrechen. Ein Kind wächst auf, der Verstand und Geist ist noch klar, und die Mutter setzt alles daran, dass das ihr eignes Kind dessen Vergangenheit ihrer eignen erfühlt, und dadurch das Kind Leiden bekommt, und durch diese Leiden, deren Leiden der Mutter *mit*fühlt, und immer weiter und weiter gegen alles sich auflehnt uswusf ...

Der Mann muss alles Konsequenz dran setzen, um seine eigne Frau so zufrieden zu machen wie möglich, auf alles einzugehen, wenn der Mann *dazu* nicht in der Lage und er selber merkt es, muss er von der seiner Frau verschwinden, oder umgekehrt, die Frau verschwindet und sucht sich einen stärkeren, der die Mächtigkeit verfügt, die Natürlichkeit der Natur aktivieren zu lassen. Die, die die Natürlichkeit nicht folgen können, finden aneinander, ohne einen Sinn zu bekommen, was ihr Schicksal eigentlich von ihnen wollen. Die Frau produziert immer mehr Glückshormone als der Mann, und deswegen *muss* der Mann immer sich darum kümmern, dass die Frau –, die immer die Grenzen des Mannes auskosten muss, – immer zufriedener als er selber sei, *dadurch* kann auch der Mann zufrieden werden, auf irgendwelcher Art ..."

Was sie da quasseln, glauben sie doch nicht wirklich ...!
– (Der Psychiater erträgt es nicht mehr, nur mehr Leidnisse und anderer Redekram, von anderen geschädigten und schon längst zerstörten Organen zu hören. Jetzt will auch mal der Psychiater seine Dinge, seine eignen leidenden Probleme loswerden! Und dafür braucht er gute aufgesperrte Ohren.) –
BLABLABLABLAAallesnurvollgewichstes_{BLABLABLA}BLABLA!, denkt der Psychiater und hat *kein Bock mehr* diese träumerliche und verweinte Stimme zu hören. Der Psychiater bindet den Patienten, der sich der Geschwindigkeit des Psychiaters nicht erwehren konnte, auf dem Stuhl aggressiv mit einem Seil fest. Davor hat er ihm jedoch noch eine Spritze in die Vene laufen lassen. Die Wirkung behält aber die Sinne an. Und erhöht sie sogar! Bezüglich klebt der Psychiater alle deren Sinne des seinen Patienten dicht, außer als die seine Ohren, denn diese Ohren, was eine Leitung bis zum Gehirn, müssen nun jetzt sich mal sein Gehirn schmerzend anhören.

Der Rhytmuszyklus der Natur, der schönheitlichen Absurdlichkeit:

Achilles, der von seinem Chef immer Archimedes genannt wird, der aber immer wieder und wieder Achilles genannt werden will, aber niemals getraut dies seinem Chef zu sagen, sitzt gerade an seinem Schreibtisch und macht seine Arbeit. Genau gegenüber von ihm sitzt seine Mitarbeiterin, Knosparia, sie macht ebenso, wie Achilles, ihre Arbeit. Und so ging es die ganze Zeit. Achilles gähnte. Knosparia gähnte mit. Ach, sagte Achilles. Achja, ach, sagte Knosparia darauf. Nach dem
Gähnen machten sie weiter und weiter ... uswusf ...!

_{pöffpöff}pöffpöff**pöffpöffpöffpöff!**

uswusf ...! uswusf ... -/!/- -/!/- -/!/-

uswusf ...! uswusf ... -/!/- -/!/- -/!/-

uswusf ...! uswusf ... -/!/- -/!/- -/!/-

Jetzt setzt was!, schrie Knosparia ... uswusf ...!

Archimedes und Knosparia irritierten sich gegenseitig kräftig schlägig, schächterisch schlächterisch, undichterter Fächerung, immer mit neu aufgerollten 856247 mal 967345 Aufgaben ... uswusf ...!

„Die Helicobacterpylori*arten*, die Autismus (Savant-Syndrom/Inselbegabung etcetera), Psychopathie, *Extremität* uswusf ...! auslösen, sollten von der Ärzteschaft gründlicher erforscht werden, es birgt Geheimnisse Innenlebens. Ein Tipp würde ich ihnen geben: mehrere verschiedene Arten Derer in einen Körper tauchen zu lassen, sie werden treckern können, was aus diesem Wesen entsteht: Chaos des Neuen? In meinem Penis samt Hoden zapfte sich einer fest, mehrere Jahrzehnte lang, kann jener noch gemeiner sein? – *wo haben sie ihn?* Einmalig, s er überall sein kann. 5 mm. bemaß er, chaosierend. Wie viele ich in meinem Körper wirklich besaß, mit 10 mm. Größe ...? uswusf ...! bleibt unerforscht, unergründet, im Verschleierten verborgen ...

Durch meine Robustitität, Auflehnung, Sucht nach Herausforderung, Sucht nach Rivalen, stets alles Konkurrenziellen, Sucht der zerreißenden Grenze, immer auf Suche nach Extremsein, *fraßen sie sich an mir größer.* Genauso wie die Dutzenden knospsattsüchtigen Patienten sich an mir hochfressen, genauso fraßen sich auch diese Biester an mir besoffend voll uswusf ...! Die Menschen nehmen die Begriffe, Worte, alles Eigenurteil, so ernst, *wie sich selbst ...*

Wie soll ich sagen-wie soll ich sagen ...?" – : – ... *zufrieden machen,* ist das Wort.

... uswusf ...! **uswusf ... -/!/- -/!/- -/!/-**

Was
Für
Ein
Schönes
Feuerwerkchen!

..pöffpöffpöffp**öffpöffpöffpöffpöff!**

uswusf ...! uswusf ... -/!/- -/!/- -/!/-

**Langenscheidt Wörterbuch
Deutsch Latein**

Frau = femina
Macht = potentia
Mädchen = puella
malen = pingere
Mann = vir
wo = ubi
schöpfen = haurire

a. König Ödipus
Sophokles
Deutsche Neuübersetzung

Chor: Süße Stimme des Zeus, die durch Apollos goldenen Tempel zu uns gelangte. Was erzählst du uns, dem Volk des glorreichen Theben? Mein Herz schaudert vor Angst und mein Verstand ist wolkenverhangen. Apollo, Gott der Heilung, Gott aus Delos, ich fürchte die Botschaft, die du uns bringst. Für welche vergangene Tat müssen wir nun büßen? Was schulden wir der Vergangenheit? Sage uns, Kind der goldenen Hoffnung, Kind der Liebe, die so groß ist wie der Himmel! Unsterbliche Athene! Tochter des Zeus! Dich rufe ich zuerst an! Und dann deine Schwester, die unsere Beschützerin ist, die Göttin Artemis, deren Thron die herrliche Erde ist und in deren Tempeln wir

Thebaner beten. Und auch dich, Apollo, dessen Pfeile nie verfehlen! Kommt, ihr alle drei. Ihr seid uns schon einmal zu Hilfe gekommen und habt die Flammen unseres Unglücks gelöscht. Kommt nun wieder! Rettet uns, ihr Götter! Unzählig sind meine Leiden. Das ganze Volk leidet unter dieser Wunde, an dieser mörderischen Seuche, und wir sehen keinen Weg, ihr zu entgehen.

Der Autor

Marc Lüer wurde 1990 in Deutschland geboren und wollte nach dem Abschluss der Hauptschule ursprünglich einen Metallberuf erlernen, was er jedoch nicht in die Tat umsetzte. Bereits seit seinem 20. Lebensjahr hegte er den innigen Wunsch, Schriftsteller zu werden. Diesen Lebenstraum erfüllte er sich nun mit seinem Erstlingswerk „Nietzsches Harakirivorkommnis". Der menschenscheue Autor liebt Bücher, jedoch nicht alle – sein Geschmack ist im wahrsten Sinne des Wortes erlesen. Aufgrund seiner friedliebenden Natur verabscheut er Gewalt und Provokationen.

Der Verlag

novum VERLAG FÜR NEUAUTOREN

> *Wer aufhört*
> *besser zu werden,*
> *hat aufgehört*
> *gut zu sein!*

Basierend auf diesem Motto ist es dem novum Verlag ein Anliegen, neue Manuskripte aufzuspüren, zu veröffentlichen und deren Autoren langfristig zu fördern. Mittlerweile gilt der 1997 gegründete und mehrfach prämierte Verlag als Spezialist für Neuautoren in Deutschland, Österreich und der Schweiz.

Für jedes neue Manuskript wird innerhalb weniger Wochen eine kostenfreie, unverbindliche Lektorats-Prüfung erstellt.

Weitere Informationen zum Verlag und
seinen Büchern finden Sie im Internet unter:

www.novumverlag.com